ホロニック：ガール

高島雄哉

JN090237

「早く生まれておいで！　世界は光でいっぱいだよ！」――ついに訪れた舞浜南高校の二学期。１年生の守凪了子《かみなぎりょうこ》は、謎めいた転校生・ツクルナたちとともに、芝居の稽古に励む日々を過ごしていた。深まりゆく秋の空気のなか、「いつも通り」の学園生活を演じる了子たちだったが、宇宙規模での破滅の危機は、実はもうすぐそこにまで迫っていて――ゼロ年代最高の本格ＳＦアニメ『ゼーガペイン』のその後の世界を、独自の着想と圧倒的なスケールで描く完全オリジナル長編！

登場人物

守凪《かみなぎ》了子《りょうこ》……舞浜南高校一年生。映画研究部部長。
立花《たちばな》瑞希《みずき》……同一年生。演劇部。了子の親友。
優れた運動神経の持ち主。
深谷《ふかや》天音《あまね》……同二年生。映研とドローン部。数理に秀でる。
来年アメリカ留学予定
早乙女《さおとめ》汐《しお》……同三年生。演劇部部長。
ツクルナ……同一年生。渋谷からの転校生。
十凍《そごる》京《きょう》……同一年生。水泳部部長。了子の幼なじみ。文武両道。
ハル…………？
三崎《みさき》紫雫乃《しずの》……同三年生。水泳部。？

ホロニック：ガール

高　島　雄　哉

創元ＳＦ文庫

HOLONIC GIRL

by

Yuya Takashima

2024

目次

ホロニック：ガール

用語解説

幻体データ（Meta-Body Data）

量子サーバー内の仮想現実に生きる、肉体を持たぬデータ人格記憶体。幻体データはパラメーターの塊に過ぎない。幻体データは一人につき一つしか存在できない。

セレブラント（Celeblant）

量子サーバーの中に存在する幻体の中で、サーバーのコントロールや不可視のデータにアクセスできる特権を得た存在。対ガルズオルム抗争組織セレブラムを結成。特定の量子サーバーに依存しなくても活動可能で、オケアノス級飛行母艦やゼーガペインに乗って戦うこともできる。セレブラント以外は自分が幻体だという自覚はない。

ホロニックローダー（Holonic Roader）

ゼーガペインを始めとする兵器。量子サーバーの管理補修用に開発された。現実世界での幻体の物理行動を可能にする唯一のツール。セレブラントのガンナーとウィザードが二人一組で搭乗する。人間データは複雑かつ膨大であるため、パイロット転送はデータ損失のリスクを伴う。ホロニックとはすべてを表す古代ギリシア語ホロンから。

ゼーガペイン（Zegapain）

セレブラムの開発した対ガルズオルム戦闘マシン。光装甲に覆われ、ＱＬが続く限り、ほぼ絶対的な防御力を誇る。出撃は量子テレポートによって行われ、オケアノスから半径百キロメートル以内に転送可能。四機種が存在し、それぞれに機能分担がなされている。

ガルズオルム（GARDS-ORM）

セレブラムと対抗する謎の武装集団。かつて人類を滅ぼし、量子サーバー内に幻体の形で存在するデータ人間だが、不完全ながら現実の世界に肉体を再生する手段を持っている。デフテラ領域を作り出し、様々の環境を人為的に形成して実験をしているらしい。

デフテラ領域（A def-terraformed sphere）

地表に打ち込まれたコアと呼ばれる巨大な装置を中心に発生する、物理法則の異なる空間。通常、半円形のドーム状になる。ガルズオルムは、これを実験場として使用しているらしい。

量子サーバー（Quantum Server）

並列型光量子コンピューターで構成されるサーバー。幻体として存在している人類の箱舟とも呼ぶべき装置。

プロローグ

愛について語りたいと思う。

でもそう思う少し前には、わたしの中のわたしが、わたし自身をたしなめはじめる。――監督志望の守凪了子《かみなぎりょうこ》、あなたは言葉を使って愛を語るのではなく、自らの映画によって愛を表現するべきでしょう。

そうかもしれない。

きっとそうだろう。

言葉で語りたいなら、千帆《ちほ》先輩みたいに小説を書くべきだ。あるいは天音《あまね》先輩のように数式を駆使するか。だけど愛を撮《と》るのは、夏を撮るのと同じくらい大変な気がする。

「どうして愛なんだ」

と京《きょう》ちゃんは言う。幼なじみだからってすべてわかりあっているわけではないし、そうなりたいとも思わない。でも、ふとした時、奇跡みたいなタイミングで、心が通じたとしたら――通じたと感じられたら――それは愛だと言っていいのかもしれない。そう、わたしは世界を信じているのだ。

二〇二二年九月一日の朝が軽やかに明けていく。ここに渦原《うずはら》先輩の〈環境楽器〉があったなら、どんな曲を奏でるだろうか。

今日が木曜日だということは、グレゴリオ暦が制定された一五八二年から自動的に決まっている。暦《こよみ》は、日々を数える〝日読《かよ》み〟であり、時を細分化する〝細読《こよ》み〟だったという。

誰に聞いた話だったかな。ちょっと考えただけで候補は三人いる。

「こよみ、こよみ――」

AIがわたしの視界に正しい名前を投影した。――飛山《ひやま》千帆。舞浜南《まいはまみなみ》高校三年生。文芸部と映画研究部に所属。十五回前のループで暦について会話。現在のステータス――消失《ロスト》。

わたしはその先輩のことを懐かしく思い出す。

考えてみれば、別の候補だった京ちゃんの考え方はもっと哲学寄りだし、もう一人の候補の天音先輩は天文学を含む科学全般にくわしいものの、歴史には全然興味がない。

ひるがえって千帆先輩は高校一年のときにはすでに小説家であり、実に様々なことを知っていた。そしてその膨大な知識を自在に結びつけて虚構を立ち上げていくことが本当に得意だった。

世界の謎を解き明かすのは、哲学なのか天文学なのか小説なのか。もしわたしがたずねたら、千帆先輩はきっと「解き明かせるはずがないでしょう」と断言するに違いない。もしたずねることができたなら、だけれど。

昨夜八月三十一日の二十四時、わたしが監督をした映画は――守凪組のみんなで作った映画は――全国高校映画コンテストのＡＩに提出した。まだあの瞬間から七時間しか経《た》っていないけれど、もう何千年も昔のことだった気もする。

古代ギリシアの時代にも演劇のコンテストがあったという。これは映画提出直前の休憩時間に千帆先輩から聞いたことだ。どうやら古い記憶が活性化しているらしい。

「美の優劣なんて決められないことくらい、古代からわかっていたはずなのにね。それでも人は比べることをやめられない」

「それは千年二千年のオーダーでのことだからだよ、千帆ちゃん」

と天音先輩がサンドイッチをほおばりながら言った。天音先輩は二年で、千帆先輩は三年だが、ふたりとも学年に関係なく仲がいいのだ。

「オーダー？　ああ、桁《けた》数のことね。一万年か一億年か経てば、人は賢くなれるって？　天音だったら、万物理論くらい完成させられるかもしれないけど」

「一億年も生きたら、おばあちゃんを超えて、神様になっちゃう」

こんな会話もすべて終わった。

夏は終わり、映画は終わり、千帆先輩はもういない。

それでも時は巡り、世界は続き、そして船は出る。

——『そして船は出る』って、おまえがすきなフェデリコ・フェリーニ監督の映画だろ。おまえの部屋で見せられたよな。

京ちゃんの声が聞こえた気がして、高校に向かう川沿いの道で振り返った。

聞こえるはずないのに。

「見せたんじゃなくて、いっしょに見たんじゃん……」

今日から舞浜南高校——通称舞南《まいなん》——の二学期が始まる。

第1章　夏の終わりのツクルナ

みんなが笑顔で泣いていた。

涙の原因に違いない、見慣れない子をのぞいて。

その子は湊《みなと》生徒会長に正面から両手をにぎられて、しかしほほえみかえすでも、とまどうでもなく、無表情だった。

生徒会メンバー全員が泣いているのは中庭のすみで、ひとめにつかないところではあったけれど、わたしと天音《あまね》先輩と瑞希《みずき》がいる二階の渡り廊下の窓からは丸見えだった。みんな油断しすぎだ。

「あの子、転校生？」とわたしの左隣の天音先輩。

「セーラー服いいかも」と右隣の同じクラスの瑞希。

わたしはふたりの言葉にあいまいにうなずいた。

違和感をおぼえたのはわたしだけだったらしい。

わたしたちが通う舞浜南高校――略して〈舞南〉の制服は、春夏はシャツとニットのベスト、秋冬はブレザー。
まだ夏が終わりきっていない舞浜の街にぴったりの、涼しげなセーラー服を着たあの子が転校生かどうかはわからないけれど、みんなが泣いている理由は、わたしにはわかる。

瑞希はその理由を推測できるかもしれない。天音先輩には絶対、思いもよらない理由だ。

ともかくここは、特に天音先輩のために、さっさと立ち去ったほうがいい。

「瑞希、講堂で何があるの？」

演劇部員ではないわたしは、わざとらしく移動をうながす。

わたしのそのヘタな演技でも、瑞希は意図をくんでくれた。瑞希は事情を――わたしたち全員に共通する事情だ――半分くらい知っているし、なにより演劇部のエースなのだ。だから勘がいい。

「それは講堂についてからのお楽しみ。じゃあ行きましょう。天音先輩、了子《りょうこ》」

二学期初日の放課後をむかえて、舞浜南高校は校内からもグラウンドからも、生徒たちのにぎやかな声が聞こえていた。

窓の向こうの舞浜の空は青く澄んで、風には秋の要素がかすかに混じっている。

「監督！　さっきの中庭のこと、新作映画のネタになるんじゃない？」

講堂に通じる渡り廊下で、天音先輩が叫ぶように言った。

夏が終わり――いくつもの夏が終わり――今やわたしのことを監督と呼んでくれるのは深《ふか》

谷《や》天音先輩だけだ。

　先輩は高校二年生ながら大学院レベルの数学や物理を――先輩自身の言い方では――たしなんでいて、こどもの頃からの趣味だという電子工作でどんなものでも作ってしまう。今わたしが装着しているXRコンタクトレンズも先輩が作ってくれた。

　視覚拡張デバイスで、VR《仮想現実》もAR《拡張現実》も見ることができるし、普通のR《現実》では自在に色を変えるカラーコンタクトレンズでもある。カラコン機能は天音先輩専用みたいなもので、わたしは使ったことがない。

「先輩、わたしたち昨日ループに新作映画を提出したばかりですよ？」

「覚えてるよ！　『我等《われら》が人生、最良の夏』、あたしがSF考証したんだからね！　でも守凪《かみなぎ》ちゃん監督なら、もう次を考えてるかなって」

　さすが先輩。痛いところを突いてくる。

　この新しい九月一日にいることが不思議でたまらず、わたしにとっては日常であるはずの映画のことを忘れてしまっていた。

「新作は――もちろん撮《と》りますよ。先輩のアイデア、教えてもらっていいですか」

「おし。まずタイトルは『舞浜南高校第八の謎』ね」

「どうして第八なんですか？」

　わたしたちはかつて舞南の七不思議をテーマにした映画を撮った。

先輩はそれを覚えていないはずだけれど、もしかして覚醒《かくせい》しそうなのだろうか。

「素粒子理論に〈魔法数〉ってあって、陽子や中性子が二個とか八個とかあると、原子核が安定するんだよ」

「タイトルは悪くないかも」ちょっと伝奇っぽいのはだいすきだ。

「一から七までの不思議はどうした、って思われないかな？」

先輩の問いかけに瑞希が答える。

「大丈夫です。〝謎はいつも途中から始まる〟」

「何それ。カッコいい。誰かの言葉？」

「今私が思いついただけです！」

先輩と瑞希が笑い合うのを見ていると、わたしはますます不安になる。

この世界は、ううん、この二学期は、本当に大丈夫なのだろうか。

「もう九月なのに暑くない？」

先輩にとっては何気ない一言で、わたしは——さっきのみんなみたいに——泣きそうになってしまう。そう、舞浜は九月一日になったのだ。

とはいえそのよろこびを——今はまだ——先輩と共有するわけにはいかない。

わたしはそっけなく答える。

「まだ夏なんですよ」

しかしわたしの必死の演技も、みんなの本気の涙には到底敵《かな》わない。

「げ、保《たも》っち『来てくれてありがとう』って言いながら号泣してる」

天音先輩は歩きながら自分のメガネの録画映像をＡＩ解析している。

瑞希が先輩のメガネをのぞきこむ。もちろん外側からは何も見えない。

「水嵩《みかさ》保先輩ですか、生徒会の新しい書記長の」

「うん。保っちとあたし同じクラスなんだ。――あの子、転校生だね。ネクタイだけはうちのだよ。赤だから一年だ」

舞南の制服は、卒業生の著名なデザイナーが手掛けたもので、学年ごとに色分けされている。一年のわたしや瑞希は赤いネクタイに青いスカート、二年の天音先輩は緑のネクタイに緑のスカート、三年は青ネクタイに茶色のスカートだ。学年ごとに印象はかなり変わるから、進級するのが楽しみだったりする。

瑞希が再び先頭を歩き出す。

「三崎紫雫乃《みさきしずの》先輩が転校してきたときも校内ざわついたよね。物語が始まる予感がするからだと思うけど、しばらくは何も始まらなくていいかな」

わわ、今のはまずい。ほとんどの舞南生同様、天音先輩にとっては、八月三十一日と九月一日はなめらかにつながっているだけで、そこには何のドラマもないのだった。

さっそく先輩が反応する。

「最近なんかあったっけ？」

瑞希、なんとか誤魔化《ごまか》して！　わたしは天音先輩に気づかれないように、瑞希に視線を送る。もちろん瑞希はすぐに気づいて、

「あ、いえ……私が言いたかったのは、事件はずっと起こらなくていいというか――あ、悪い事件ですね」

「悪いこと？　この平和きわまりない舞浜で？」

瑞希がんばって！

「いえ、あの、もうしばらくというか、そう！　もうずっと起こらなくていいなって」

「はあ……」

「あ、ほら、講堂につきました！」

どうにか話は途切れて、わたしも先輩もめったに来ない講堂に二階入口から入って、きょろきょろと中を見回す。全校生徒が座れる数の座席が階段状に並んでいて、一番下には舞台がある。わたしたちの入館を感知して、自動照明が上から下へと順に点灯していった。

「で、瑞希っち、お楽しみって？」

瑞希はにっと笑って階段席の端を駆け下りて、そのまま舞台にあがり、演劇的とでも言うのだろうか、大きな身振りでわたしたちを手招きした。

「ふたりとも、どうぞこちらへ」

わたしと先輩は顔を見合わせながら舞台にあがった。

ふりかえると客席がずっと上まであって、もしここに舞南の生徒みんなが座っていたらと思うと、それだけでどきどきしてしまう。

瑞希の用事は間違いなく演劇にかかわるものだろう。

「わかった。瑞希たちの舞台をビデオに撮ってほしいんでしょう」

「あ、それいいね。でもお楽しみ感ある？」

そう言う天音先輩は、すでに舞台袖に移動して、舞台装置のコントロールパネルを見つけて面白そうにライトを点滅させている。

「ふっふっふ。了子、はずれだよ」

「瑞希、もったいぶらないで。わたしそろそろ生徒会に行かないと」

二学期からわたしも生徒会に入ることになったのだ。湊生徒会長にそう言われただけで何をするかも知らないんだけど。

「わかったわかった。——天音先輩と了子に演劇の台本を書いてほしいんです！」

天音先輩とわたしは思わず「はあ？」と、まのぬけた声を出してしまう。

映画の脚本なら書いたことはあるものの、演劇のことは——瑞希から話を聞いている以外——ほとんど知らない。それに生徒会の活動をしながら、演劇のスタッフなんてつとまるのだろうか。

「楽しいでしょう？」

瑞希が舞台袖の先輩に目を向ける。

ああ、もう物語は始まってしまった。先輩は胸のまえに両手で丸を作って、にこにこしている。

「私、先輩が了子と書いたSFっぽい映画の脚本すきなんです。ふたりの新作、演《や》りたいと思って。本番は十二月二十三日、クリスマスイブイブです！」

「完璧‼　あたし、台本書いたことないけど！」

しかたない。わたしもこの愛すべき日常を楽しもう。

脚本は、まずは十月末に演劇部内の選考会に提出するという。例年では――すでに三年生は引退していて――二年生の部員を中心に十本ほどの候補作が書かれて、全部員の多数決によって三本が選ばれる。四十人ほどの部員は三作品に分かれ、三ヶ月かけて劇を仕上げていく。

「三本入りを目指すってこと？」と天音先輩。

「まずはそうです。ただ、上演後に観客による投票があって――」

「――一番人気があった劇にはクリスマスプレゼント！」

天音先輩の言葉に、瑞希はくすくすと笑う。かわいい。あ、ビデオカメラ、部室に置きっぱなしだ。わたしとしたことが、カメラを忘れるなんて。

「プレゼントみたいなものですかね。一位に選ばれると、〈国際高校演劇コンクール〉用の参加作品として、今度は演劇部全員で取り組みます」

天音先輩が少しだけ曇った笑顔を見せる。

「そうなったら超うれしいよ。でもあたし大晦日《おおみそか》にはアメリカに行っちゃうから」

「そうでした。先輩、留学するんでしたね」

瑞希が残念そうに言う。わたしも残念だ。瑞希とは少し違う理由で。

わたしと瑞希ではこの世界の理解度が少しだけ違っている。九月一日になるだけで奇跡のようなこの舞浜で、留学なんて――いつか先輩や瑞希に説明できる日が来るのだろうか。

「あはは、ちょっとふたりとも今から暗くならないように！」

先輩はさびしさをごまかすように笑った。きっとわたしと瑞希がすごく落ち込んでいることを気遣ってくれながら。

わたしは演技を続けなければならない。

先輩は少々わざとらしく元気な声で、

「まだまだ舞南生だから！　台本考える！　主役は瑞希っち？」

瑞希はわたしに目配せして、先輩に応える。真摯に、日常に向き合って。

「十月末に台本三本が決まって、その場でオーディションになります。もちろん私は先輩の劇にエントリーして主役勝ち取りますよ！」

わたしはさらに未来を想像する。

美しい衣装をまとう瑞希が、この舞台で鮮やかに演じる。

そのそばにはわたしもいて——え？

いやいやいや、わたしが演劇の役者になるなんて。これは量子ゆらぎが見せる幻想に違いない。

わたしは予言者でも神様でもない。自分の映画には少しだけ出てもいいかなと思う、ひとりの映画監督志望なのだ。

「演劇の台本ってどう書くのかなっと。ああ、こういう感じか」

天音先輩がわたしたちに見えるように高校ARにデータを表示する。瑞希もわたしと同じ先輩お手製のコンタクトレンズを装着していて、先輩の即興台本が読めた。

ミズキ　だからさ、台本手伝ってほしいんだ。
リョーコ　わたし、演劇よく知らないよ。
ミズキ　（けらけらと笑って）それは私だってわかってないから。
アマネ　あたしに相談って、ドローン使いたいってこと？　いや、ＶＲか。
ミズキ　どっちもです！

「あたし去年、一年のときに行ったけど、会場中カップルだらけなんだよね」

「クリスマスイブイブですからね」

と瑞希が答える。演劇部の先輩から聞いたのだろう。わたしは全然知らなかった。なるほど、そういうものか。

「本番ってマイク使う？」と先輩。

「うちの演劇部では基本使わないです。囁《ささや》き声だとしても、それは遠くまで聞こえるような囁き声として発声しないと」

「吹奏楽部がマイクを使わないのと同じだね」

「似てるかもですね。でも先輩は使っていいですよ」

「は？　あたしも出るっていうこと？　いやいやいや、あたしは台本考えるだけで」

「了子もね！」

「いやいやいや、わたしもちょっと」

「みんなで出たほうがきっと楽しいから！」

そう言う瑞希の笑顔は夏の残光みたいで、わたしも先輩も、もはや逆らえそうもなかった。

瑞希は昨日完成させたばかりの、夏のわたしたちの映画の主演だ。

今にも壊れそうな繊細な演技は完璧で、映画は素晴らしいものになった。でも、おそらくわたしはその魅力の半分もカメラに捉えきれなかった、と思う。

一方で瑞希自身は自分の演技をまったく信じていない。「ちょっと器用なだけだから」なんて言って。

こんなこと――日常を続けることに、何の意味があるのか。その問いは、もうずっと前に――みんなの思いといっしょに――答え切れないままに受け入れた。うん、わたしは大丈夫。

「あれ？　そういえば我らが映研の部長って誰だったっけ。守凪ちゃん？」

「ああっと――そうです、わたしです。どうしました？」

「あたしたちしばらく演劇部の手伝いすることになるから、誰かに言っておいたほうがいいのかなって」

「もちろん部長が許可します！」とわたしは空元気《から》を見せる。「あ、わたしたちを密着取材して、ドキュメンタリー映画にしても面白いかも」

部長という役職を置かない部は、舞南でも増えている。活動のなかでどうしても代表が必要な場合には、そのときになって代表を一時的に決めればいいし、調整すべきことがあれば――部員それぞれのサポートＡＩたちが情報交換して――およそどんな問題も解決される。

そして今ここで――わたしにとって――問題なのは、天音先輩が部長が誰かを忘れていることだ。本来、先輩はわたしの千倍は記憶力があるはずなのに。

本来の映研部長は三年生の河能亨《かのうとおる》先輩。初めて会ったとき部長に言われた言葉は今でも忘れられない。

──守凪了子くん。きみは映画監督になれない。

たった二歳しか違わない先輩に、しかもわたしの映画を見たこともないくせに、そんなことを言われたくはない。そう思ってわたしは柄《がら》にもなく、初対面でケンカしてしまった。

とはいえすべては思い出だ。

河能先輩はもういないのだし、確かに──あのときのわたしが想像していたのとは全然違う理由で──わたしが映画監督になれる可能性は今ではほとんどない。

ふいに湧きあがってくる悲しみを誤魔化すようにふたりに告げた。

「わたしもう生徒会に行かないと。天音先輩、瑞希、あとはメッセージで」

舞台袖から通路に出たわたしは、まわりに誰もいないのを確認してから、おでこの前に光る円盤を展開して、自らをデータ化した。これこそがわたしの日常なのだ。

円盤に表示された転送先から〈オケアノス会議室〉を選ぶ。

オケアノスは〈セレブラム〉日本支部所属の浮遊戦艦。これは物理的に、R《現実》に存在して、地球上空を飛行している。

「守凪さん、五分遅刻」

さっき中庭で泣いていた湊生徒会長が、長机の席からわたしをにらみつける。

わたしがあわてて自分の席に向かうと、椅子にノイズが走った。わたしの量子転送のせいで、局所空間が揺らいだのだ。

「ごめんなさい。一人になるタイミングがなくて」

「ばれないことが最優先なので問題ありません」

書記の水嵩保先輩がフォローしてくれた。

わたしはぺこりと頭を下げつつ自分の席についた。

湊生徒会長が咳払《せきばら》いをして立ち上がった。

「それではじめましょう。舞浜サーバーはじめての九月一日の生徒会です」

戦艦〈オケアノス〉はＲの舞浜から遠く離れて、山口県宇部《うべ》市上空を通過しようとしていた。海岸にはコンビナート群が見える。もちろんすべて壊滅しているのだけれど。

そう、世界は——Ｒの地球は、すでに崩壊している。

さっきまでわたしたちがいた舞浜南高校はＶＲ——並列型量子コンピューター〈量子サーバー〉が生成した仮想世界——であり、わたしたちもまた量子情報体なのだ。

天音先輩や多くの舞南生は、このことを知らない。

知っているのはここにいる生徒会メンバーと、瑞希たち数人の生徒たちだけ。

「私たちはみんなの日常を守らなければならない。いつまで続くかわからない日常を」

湊生徒会長が言い、他のみんながうなずく。

世界の秘密をあえて教えることはしない。この秘密を知ることは精神構造に強い負荷を与える。ふいにそれに気づいたせいで、直後に存在ごと消失《ロスト》してしまうことは珍しくないのだ。

「九月一日が始まって一六時間が経過。今のところ消失者はいません」

保先輩が報告する。

湊会長がほっと息をついて席に座る。

「良かった。学内の監視は引き続き最高度のままに。わずかな兆候も見落とさないで」

「……京《きょう》ちゃんと紫雫乃先輩はいないんですね」

わたしのなんとなくのつぶやきに、会長がするどく反応した。

「それを言うなら……！　いえ、何でもない。ふたりは別の任務中」

「わかりました。あの、ごめんなさい、湊会長。島《しま》先輩のこと――」

しかし会長はわたしの言葉を聞かなかったことにして会議を始めてしまった。

ここにいるはずの、いるはずだった人たちも、仮想世界を守るために、これまでに何人も消失してしまった。生徒会長だって先月までは島先輩だったし、映研部長の河能先輩だって生徒会メンバーだった。

わたしは、わたしにとっての現実の始まりを思い出す。

断章1　戦いの意味

京ちゃん。

京ちゃんがわたしに会ったのは、わたしが生まれた日なんだよね。京ちゃんのほうが一週間だけ先にこの現実世界に生まれ落ちていたから。

あのころ、まだ世界は単純で、RだけでVRやARはまだまだ開発途中だった。

京ちゃんのことを——きみ、あなた——何て呼びかければいいのか、わからないな。

わたしたちはずっとずっと一緒で、きっと初めにわたしたちの両親が「ほら、了子、京ちゃんだよ」「京、了子ちゃんだぞ」なんて紹介したものだから、わたしはあなたに「京ちゃん」としか呼びかけたことがない。京ちゃんもわたしのことをずっと了子ちゃんと呼んでいたくせに、小学五年の夏休みから急に「守凪」に変えてしまった。

わたしは京ちゃんに、わたしの心——演算圏《えんざんけん》——のなかの京ちゃんに、そして京ちゃんがいるであろう方向にむかって呼びかける。

京ちゃんに教えてもらった数学〈圏論《けんろん》〉では、矢印——↑→↓←——を使って、わたしたちのあいだの関係性を記述することができる。時間や空間そしてすべての情報構造は、矢印たちから自然に湧いて出るように生まれてくる。

あなたとわたしが舞浜南高校に入学したころから、世界には〈オルムウイルス〉が蔓延《まんえん》して、わたしたちは家族といっしょに量子サーバーに避難することになった。

あのときのわたしはそれがどういうことなのか——肉体を喪《うしな》って、情報体たる〈幻体《げんたい》〉になるということがどういう意味なのか——まったくわかっていなかった。

あなたはいつかわたしに教えてくれた。

「意味がわかるっていうのは、そこから移動できるってことなんだ」

たとえば演劇部の黒板に白い線で〽と書かれていたとして、意味を知らなかった中学生のわたしが見たら、ほとんど認識もしなかっただろう。

でも今のわたしは〽が庵点《いおりてん》という名前の、歌のはじまりを示す記号だと知っていて、なんとなく歌うことだってできる。

概念とはそういうものだ。最低限のことを知っていれば——別の概念に言い換えたり、周辺の概念を考えたり——そこから思考は自由に移動することができる。

確かにこの世界の意味が丸っきりわかっていなかったわたしはどこにも移動できなくて、そのまま何回も何十回も、同じ夏に留《とど》まることになった。

わたしがようやくその繰り返しから移動できた——覚醒した——とき、現実世界に続いて、情報世界にも崩壊が迫っていた。

地球環境を物理法則ごと変えようとする〈ガルズオルム〉たちによって、世界中の量子サーバーが次々と破壊されていたのだ。わたしたちの舞浜サーバーは、前の生徒会長でもあった島司令の機転で、月面のガルズオルムの基地〈ジフェイタス〉に丸ごと移されていたから、その難を逃れてはいたけれど、発見されるのはもちろん時間の問題だった。

ガルズオルムは当然のように自らの身体をも編集して、戦闘においても技術開発においても、わたしたちセレブラムを圧倒した。

あなたはわたしが覚醒するずいぶん前から、セレブラムの一員――〈セレブラント〉として、ガルズオルムたちと戦っていた。美しい光装甲をまとう人型機械〈ゼーガペイン〉に乗って。

激しい戦いの日々があって、多くの親しい人々が消失して、わたしも自身を構成する情報の多くを失いながら、ついにガルズオルムの戦士――シンとアビスを撃退することができた。

わたしたちはせっかく九月一日からはじまる時間を手に入れたのに、その時間延長の立役《たてやく》者《しゃ》の――わたしとしては誰よりもいっしょにその時間を過ごしたい――京ちゃんはここにはいない。

戦いはまだ続いているから。世界の意味が移動し続けているみたいに。

わたしたちが倒したのは、おそらくはガルズオルムの一部にすぎず、その一部が残した量子環境編集装置〈デフテラコア〉はまだ地球上に点在していて、すべて機能停止はしたものの、撤去し切れてはいない。コア最奥部に双子のように鎮座する〈双対特異点《そうついとくいてん》〉を除去するための数学的技術を、わたしたちはまだ開発できていないのだ。

今のわたしには、あなたが渋谷にいることがわかる。

誰もいない、冬の渋谷を、あなたは歩き続ける。

＊＊＊

そう、現実世界はもうすっかり滅びていて、崩壊した世界に残った何基かの量子コンピュータ〈量子サーバー〉のなかで、わずかな人々が量子情報となって生き延びているだけだ。わたしも、天音先輩たちも、みんな量子情報、わかりやすく言うとデータ人間だ。舞南を中心にした半径数キロメートルの球状空間も、そのなかでのデータ人間たちの相互作用も、リアルタイムで量子演算され続けている。

この状態を〝生きている〟と言えるかどうか、という問いはもう散々自問自答して、京ちゃんとも何度も話し合って、とっくに結論は出ている。

わたしたちは生きている。絶対に、だ。

今わたしの心にあるこの悲しさ、この痛みは、間違いなくわたしが感じているものだ。量子サーバーによって再現計算されたものだとしても、関係ない。

「九月一日を迎えられるなんて、まだ信じられないよ」

会計担当の黒潮《くろしお》先輩が感慨深くつぶやいた。

その場にいる生徒会メンバー全員が深くうなずく。

湊生徒会長、入江《いりえ》副会長、黒潮会計長、富貝《とみがい》庶務長、水嵩書記長、そしてわたしが広報長――この六人が現在の舞南生徒会執行部であり、戦艦オケアノスのブリッジクルーでもある。

もちろんみんなセレブラントだ。

量子サーバーのメモリには限界があり、舞浜の時間は二〇二二年四月五日から同年八月三十一日まで、百四十九日間の時間ループを何度も何度も繰り返していた。

未覚醒状態であれば、八月三十一日のサーバーリセットのたびに記憶ごと初期化されて、再び新たな二〇二二年の四月五日の新学期を迎えることになる。

一方で、わたしたちセレブラントには記憶のリセットがなく、湊、入江、黒潮の三人の先輩たちに至っては、もう二百回以上のループを――連続した記憶を持ったまま――繰り返している。百四十九日を二百回――おおよそ三万日。八十一年と半年分だ。外見情報は高校生のまま。それがつらいことなのかどうかも想像できない。

「問題は、九月一日が過ぎて二日になったとして、いつまで時間が進むかだね」

と、入江あや香《か》副会長。黒潮先輩と共にずっと戦ってきた。

湊会長が同意して続ける。

「ええ。これからは突然のリセットに常時警戒しなければならない」

「リセット、しそうですか？」

と富貝くん。そうそう、わたしもそれが聞きたかった。

その気持ちを見透かしたように、会長はわたしを見ながら答える。

「あなたたちは知らないでしょうけど、八月三十一日にサーバーリセットが起きるというのは、せいぜいここ百回のことで、以前の量子サーバーはもっとずっと不安定だった」

「え、そうなんですか？」とわたし。

「リセット状態が長時間持続して再起動できないこともよくあったし、何十人も消失するような強制リセットも何度あったことか。この状況を改善したのは紫雫乃と十凍《そごる》京。舞浜サーバーの中枢《ちゅうすう》――〈サーバーコア〉を大規模改修してね」

わたしにはそこまで前の記憶はない。数回前の八月三十一日まで、毎回わたしの記憶はリセットされていたからだ。これは幸福なことだったのだろう。セレブラントの戦いを知らないまま、同じ時を繰り返しているとも知らずに、たった一度の夏だと思って過ごすことができたのだから。

この目眩《めまい》がするような量子サーバーシステムを開発し、世界中に展開したのは巨大複《コングロ》合企業《マリット》〈ＩＡＬ社〉《Initium Art Laboratory》だった。

最高経営責任者《ＣＥＯ》のナーガは、量子サーバー内で時間を操作することで、人間の知性を加速進化させようと目論《もくろ》んだ。それはちょうどわたしや京ちゃんが生まれた二〇〇六年の頃だと考えられている。

そして二〇二二年の秋——オルムウイルスが世界的流行《パンデミック》を起こしてしまう。致死率は九十八パーセント。しかも感染者の遺伝情報を破壊するため、人類は種としての存続さえも困難な状況に追い込まれ、当時はほとんど普及していなかったIAL社の量子サーバーに、争うように入っていった。自らを量子情報化した〈幻体〉となって。わたしやわたしの家族もそのときに幻体化処置を受けたのだろう。

だろう、というのは、この幻体化のときに、みんな記憶改変もされていて、そのときのことをまったく思い出せないからだ。とはいえ湊先輩——本名エマ・スプリングレイン——は島先輩にRからVRに救出されたときのことを今でも覚えているという。島先輩は湊先輩の記憶改変をしなかったらしい。

ともかく幻体化した多くの人々は、幸福だった最後の記憶としたかったのだろうか、二〇二二年の春から夏の終わりまでを繰り返すことになったのだった。

「水嵩書記長、報告をお願いします」と湊生徒会長。

「あ、はい。えっと——『状態は安定している』と紫雫乃さんから定期レポートが来ています。報告は以上……みたいです」

二年の水嵩保先輩はセレブラントになったばかり。くるんとした髪にメガネをかけている。

情報処理能力に目をつけて、湊生徒会長が生徒会役員に抜擢《ばってき》したのだ。

「以上みたい？」と早速、入江副会長から指摘が入る。

「いえ！　以上です！」

ウイルスからの量子避難が完了して無人になった地上に置かれた量子サーバーは、無人メンテナンスによって、およそ永遠に安定して動くはずだった。

しかし突如、体に光り輝く紋章をまとった〈ガルズオルム〉たちが出現し、物理法則ごと環境を書き換える〈デフテラコア〉を作動させてしまった。これによって失われた量子サーバーは少なくない。中には多くの人々が——人々の量子情報が——存在していたのに。

セレブラントたちは対ガルズオルム組織〈セレブラム〉を結成して、オケアノスを初めとする量子兵器を駆使してガルズオルムと戦い続けた。

量子情報は完全な複製ができないため、転送されるたび、わたしたちの心身情報は傷ついてしまう。傷が許容範囲を超えれば、量子情報は消失するしかない。

「では、本日最重要の議題に入りましょう」

湊生徒会長の言葉に、ＡＩのフォセッタが——平面状のホログラムとして空間投影されて——データを展開する。

さっきの転校生の立体画像だ。

しかしみんな黙ってしまって、全然話が始まらない。

もしかしてわたしだけが事情を知らない？

「その、わたし、みんなが中庭で泣いているところを見たんです。天音先輩にも見えてたので、みんな気をつけてくださいって言おうと思ってたんですけど……」

わたし以外の生徒会メンバーがきまりの悪そうな表情をしている。

湊生徒会長が肩をすくめつつ事情を話してくれた。

「この子は渋谷サーバーからの転校生」

わたしたちはずっと世界中を探索していて、舞浜に近い渋谷はもちろん何度も探索した。

まさか人がいたなんて。

「転校生⁉　渋谷から⁉　渋谷には、渋谷サーバーには、他にも人がいるんですか⁉」

「あの子の話ではまだ数人いるって」と入江副会長。

「だったらすぐに行かないと！」

とついついわたしは大声になってしまった。

戦艦を管理するＡＩのティータが発言する。

「渋谷サーバーとの連絡を確立しようとしています。少々お待ちください」

「あ、うん、ありがとう。――湊先輩、あの子の名前は？」

「ツクルナ」

「外国の人ですか」

しまった。オーストラリア出身の湊先輩がにらんでくる。

「データタグはこっちの舞浜《サーバー》コアに確認してもらったわ。間違いなく渋谷サーバー所属の幻体だった」

ツクルナが言うには、渋谷サーバーは渋谷の地下雨水貯留施設のさらに下にあって、だからセレブラムにもガルズオルムにも発見できなかったらしい。

渋谷サーバーが――ガルズオルムの猛攻のなか――残っていて、しかも舞浜サーバーに強引に量子転入できるほどの技術力を持っているなんて。転校してきてくれただけで充分すぎるし、他にも未発見のサーバーがあるという希望にもなる。確かにこれはもう泣かずにはいられない。

それにしてもだけど、と富貝くんが切り出した。

「深谷天音先輩は以前にも半覚醒状態になったことがあるよね。この世界の異変に、今は転校生《ツクルナ》のことだけど、そういうものに気づきやすくなっているのかも」

富貝くんはわたしや京ちゃんと同じ中学出身で、この夏の映画撮影も手伝ってくれた。瑞希よりも早く覚醒して、少し前から艦橋クルーをしていた。

わたしたちは富貝くんに全幅の信頼をおいている。富貝くんが言うならそうなのだろう。

「違うといいんだけどな」

「だってあそこの渡り廊下でしょ？　深谷先輩そんなに背は高くないし、ふつうはぼくたちに気づかないよ。覚醒の兆候は？」

「それはない。先輩は完全に未覚醒状態だよ」

完全に未覚醒って、へんな言い方だ。でも覚醒が始まるときには必ず兆候がある。セレブラントであることを示す量子転送用情報円盤〈セレブアイコン〉がおでこの前にちらつくのだ。いったん覚醒すれば安定して、望んだときに自分で表示させることができる。

かつて、何回か前の夏休みには、天音先輩もセレブアイコンを不安定ながら出すことができていたものの、最近は兆しすらない。

「だとしたら、ますます危険な状態だと言えるでしょうな」

戦艦オケアノスのレムレス艦長が登場した。艦長もＡＩで、平面ホログラム姿だ。

「艦長、どういうこと？」と湊会長。

「覚醒の兆候もないのに、みなさんに気づくということ自体が、覚醒の兆候かもしれません幻体内奥で何か起きている可能性もあります」

「天音先輩の量子状態、本当は不安定ってことですか？」

わたしの質問に、〈ゼーガＡＩ〉が答えた。

——The matter cannot be confirmed because Sever Core is doing quantum calculations with Yehl《イエル》.（サーバーコアがイエルと共に量子計算中のため、その件は確認不能です。）

「Yehl？　ああ、紫雫乃先輩のことだね」

艦長が補足する。

「ええ、サーバーコアの演算領域に先行してもらっています。作業が進めば、不安定性の原因も特定できるでしょう」

紫雫乃先輩は、わたしのように人間だったときのデータから作られた幻体ではなく、機能AIの一種で、つまり初めの初めからデータとして生まれた。

イェルというのはAIとしてのコードネームだ。京ちゃんはその出自を気にする紫雫乃先《イェ》輩《ル》のために、三崎紫雫乃という名前を付けてあげた。……どうもわたしが覚醒する随分前に、京ちゃんと紫雫乃先輩は付き合っていたっぽいのだ。二人ともはっきり言わないけど！

「でもどうしてゼーガAIが艦内に？」

ゼーガAIは艦外作業用輸送機〈ホロニッククローダー〉に共通搭載されているものだ。わたしと京ちゃんが乗る〈アルティール〉はそのうちの一機だ。

わたしの疑問にはレムレス艦長が応じてくれた。

「初めての九月ですので、一部のAIは臨時で配置転換しています。――フォセッタ、予測計算は？」

「はいはーい、ざっくりとした結果は出ています。まず、今すぐ舞浜サーバーがリセットする可能性は四十パーセントですねー」

「そんなに？」

わたしはけっこう驚愕《きょうがく》しているのだけれど、ＡＩのフォセッタは気軽に答える。

「です。しかもリセットの確率は徐々に増していて、一ヶ月ごとに十パーセント増える予測ですー」

とすると、年末年始には崩壊確率は八十パーセントを超えて、あとはもういつリセットしてもおかしくない状況になる。

みんなの視線が湊司令に集まる。

「突然のリセットは、量子データにも量子サーバーにも強い負荷がかかる。私たち生徒会も順次、サーバーコアとの共同計算作業に入りましょう」

「じゃあわたしはアルティールに」

わたしはこれまで京ちゃんとアルティールに乗ってRを巡回《じゅんかい》していた。これからは残存しているはずのガルズオルムに警戒しなければと今朝も話していたのに。

しかし湊生徒会長はまったく予想外のことをわたしに指示した。

「守凪さん、あなたには生徒会長役をお願いします」

「え？　え？　わたしまだ一年ですよ？　入江副会長もいるし」

「すぐに拒絶しないということは、受け入れる余地があるみたいだね」

と副会長。なんだかにやにやしている。

「全力で拒絶してます！」

しかし湊生徒会長も入江副会長も立ち上がり、おでこの前にセレブアイコンを出した。サーバーの演算中枢空間に移動しようとしているのだ。

「守凪さん。私も入江もサーバーにくわしい。あなたはくわしくない」

「そうですけど！　だからって！　生徒会長は無理です！」

「大丈夫。あなたは多くの生徒に慕《した》われているから」そんなことを言いながら、生徒会長はセレブアイコンを輝かせて転送段階に入ってしまった。

「先輩たちのほうが慕われてます！」

「それはそうかもね。——レムレス、あとはよろしく」

「そうかもって！　湊先輩！」

気づけば生徒会のみんなは、わたしだけを残して転送してしまっていた。

「安心してください。生徒たちの記憶は書き換えておきます。守凪さんは六月の生徒会選挙で二年生の候補を破って、舞浜南高校初の一年生生徒会長になったことになります」

レムレスさん、そう言われても全然安心できないかも。

まだまだ不安なわたしの前にフォセッタが表示される。

「島さんも湊さんも初めはひどい演技でしたけど、すぐにうまくなりましたよ」

わたしはふたりを思い出して少しだけ元気になる。確かに日常芝居はぎこちなかった気もするけれど、日常を守るために会長や副会長を必死に演じていたのだ。

湊先輩は島先輩のことがすきだった。島先輩が消失して随分たった今も、湊先輩は代わりに生徒会長と司令の役を演じているのかもしれない。

「……わかった、わかりました。やってみます」

「その意気です」

レムレスさんは満面の笑みだ。まったく。

「湊先輩たちが帰ってきたらすぐ元に戻してもらいますけど」

わたしの言葉にフォセッタが怪訝《けげん》な顔を見せる。

「湊司令たちの帰還予測日はクリスマスになってますけどー」

「えー⁉」

とはいえ、もはや湊先輩もみんなも行ってしまった。わたしだってこの世界を守りたい気持ちはみんなに負けない。生徒会長、やってやろうじゃない。

わたしが舞浜南高校に戻ろうとセレブアイコンを出すと、レムレスさんが話しかけてきた。

「守凪さん、今でも〈リザレクション〉をしたいですか」

そんなの。わたしはすぐにうなずく。

リザレクションとは復活、再生のこと。幻体の量子情報から肉体を再構成し、量子世界を出て現実空間で生きていくことだ。

すでに京ちゃんはリザレクションしている。今Rには京ちゃんひとりきりだ。わたしも早くしないと、京ちゃんと違う時間を生きることになってしまう。

そのためにはリザレクションシステムと呼ばれる、京ちゃんによれば工場みたいなものを作らなくてはならない。しかも――京ちゃんは八月の決戦中に月のガルズオルムの本拠地〈ジフェイタス〉で復活して地球に戻ってきたのだけれど――地球上でそのシステムを組み上げる必要がある。設計図こそ入手したものの、ガルズオルムの進化した技術に追いつくのは大変だ。復活する前の――受肉前の――生体組織はとても壊れやすく、超短時間でいくつもの繊細な工程を終えなくてはならない――と京ちゃんがなんだか偉そうに話していた。

「ガルズオルムは情報化と肉体化を何度もためらいなくやってましたね」

とフォセッタが懐かしそうに言った。

最後の戦いのさなか、フォセッタは他のＡＩたち同様、いったん乗っ取られて、わたしや京ちゃんに攻撃を仕掛けるという局面もあった。今のフォセッタは湊会長と紫雫乃先輩が徹底的にチェックしたバージョンだ。昔の記憶はそのまま残して。

「そういえば、ガルズオルム――シンやアビスが肉体から情報化したときって、その肉体は……」

言っているうちにイヤな予感がしてしまう。

こういうときもフォセッタは淡々と答えてくれる。

「乗り捨てられた肉体はすべて機能停止するみたいですね。〈ジフェイタス〉には膨大な数の未使用の肉体がありましたし」

「うん……それはわたしも知ってる。──だけど機能停止とか未使用とか……。肉体として生まれている時点で、そこには心があるんじゃないの？」

その心はどこにあるのだろう。

フォセッタはちょっとだけ考えている。

代わりにレムレス艦長が発言する。

「守凪生徒会長──あなたが言う〝心〟をかなり広義に理解するなら、あなたの言葉は科学的に正しい。肉体には脳があり、シンやアビスが乗り捨てた直後に脳が停止するとしても、一瞬だけでもそこには精神活動があった可能性は高い。そして、その可能性自体を心と呼ぶ人間は少なくないでしょうな」

今は人間自体が少ないんだけど、なんてつっこみはやめておこう。

セレブラントが開発した──そして京ちゃんが再建中の──リザレクションシステムでは、わたしたち自身である量子情報を〝素材〟として、生体組織をつくりあげる。そのとき元の量子情報は、生体組織として翻訳され肉体化してしまうから、わたしのつっこみレベルでは、魂の数はひとつのように感じられる。わたしは心置きなく肉体化できるというわけだ。

「厳密に言えば、守凪さんの意識が乗っていた量子情報は完全に消えるわけではありません。量子ゆらぎとして世界に残り続けます。定義次第では、それだって心と言ってもいいかもしれません」

　フォセッタは憎らしいほどかわいらしい笑顔を見せる。

　このフォセッタには心があるのか。フォセッタ自身はすぐに否定するだろう。ただの超シンプルなプログラムですよと。でもわたしはフォセッタに心を感じるのだった。

　レムレスが腕を組んで考え込む。

「ナーガの目的は〈人類の拡張〉だったと考えられていますが、〈心〉のような感情面での拡張はどこまで意図していたのでしょうな」

「わたし、ガルズオルムのシンとは話しましたけど、感情はあったと思います。わたしたちとは少し違うかもしれないけど……。ん？　それよりフォセッタも艦長も、その呼び方やめてもらっていいですか？」

「えー、かわいいですよ？」

「かわいくないし、かわいくてもダメ！　わたしが恥ずかしすぎるので！」

「もしかするとナーガも恥ずかしがりだったのかもしれませんな」とレムレス艦長。

「本気で言ってます？」

「無論です。恥ずかしいというのは、現時点の自分に不満があるときの感情のはずです」

「はあ……そう言われるとそうかも？」

　わたしは自分が生徒会長にふさわしいとは思ってない。自分に不満があると言えなくもない。

「だとしたら、ナーガは何が不満だったんでしょう」

「それは明確です」とフォセッタ。「自分の知性が不満だったんです。人間にはＡＩにはない独特の制限がありますし」

「制限って、命のこと？」

「そうですね。肉体と言ってもいいかもしれません。ナーガは肉体を捨て、その代わりに不老不死と加速時間を手にして、限りなく賢くなって――」

「――今もどこかにいるのかな。わたし、哨戒《しょうかい》任務から外されちゃったけど」

――Good luck, new head of school student council!

ゼーガＡＩはいつも英語だ。ヘッド？

「生徒会長のことですな。がんばってください、守凪生徒会長。生徒会活動は非常に重要な任務です。舞浜南高校の生徒たちが動揺すれば、舞浜全体の〈量子崩壊〉は簡単に起きてしまいます」

「艦長、なかなか怖いこと言いますね。わかってます、ちゃんとやります。――ＡＩのみんなも消失って怖いですか？　リザレクションしたいって思いますか？」

二次元のホログラムに閉じ込められているのは窮屈《きゅうくつ》ではないのだろうか。

しかしレムレス艦長はすぐに否定した。

「それは人間的な思考ですね。そもそも我々ＡＩには疑似人格があるだけで、感情は一切持っていません。そのうえであえて言わせていただければ、肉体でなければ得られないデータには興味があります」

「……ごめんなさい。わたし、自分の都合でしか考えてない。感情面の拡張が必要なの、わたしですね」

フォセッタがくすくす笑う。

「そんなことないですよ。守凪さん、人間のなかでは良い線いってます」

「あんまり慰《なぐさ》めになってないけど、ありがとう。……みんなでわたしをからかってるなんてことはないですよね」

レムレス艦長がフォセッタと顔を見合わせてから、

「どちらが虚《きょ》でどちらが実か。からかわれているのはどちらなのか。実に哲学的ですな」

「ひどいです！　私たちを疑ってるんですか？」

フォセッタがむくれた。

ふたりの温度差に、わたしは思わず笑いだしてしまった。

第2章　世界膜が閉じて舞台幕が開《ひら》く

始業式翌日の放課後、天音《あまね》先輩にメールで呼び出されて、わたしは体育館に向かっていた。わたし以外の生徒会メンバーは今も量子サーバーコアの演算領域にいて、九月二日が無事に過ぎるかどうかを監視しているはずだ。

舞台上には予想通り天音先輩はおらず――先輩はいつも遅刻するのだ――瑞希《みずき》が誰かと話していた。わたしたちと同じ一年生。

もちろん誰だかすぐにわかった。

「ツクルナさん、だよね？」

「うん。――守凪了子《かみなぎりょうこ》。伝説の魔女《ウィッチ》」

「！　わたしのこと知ってるんだ」

「〈守凪了子を知らない覚醒者《セレブラント》はいない〉という命題は正しい。対偶命題である〈すべての覚醒者は守凪了子を知っている〉が正しいように」

わたしはセレブラントの中でも特に勘がいいらしい。ゼーガペインの後部座席の管制担当をウィザードというのだけれど、わたしは〈ウィッチ〉なんて呼ばれているのだった。ガルズオルムとの戦闘は終わったから、そういうふうに呼ばれることもなくなっていくだろうけど。

ツクルナがじっとわたしを見つめている。

「えっと、わたしと瑞希は天音先輩に呼ばれたんだけど、ツクルナも？」

「深谷《ふかや》天音とはまだ話していない」

瑞希が慌てて補足する。

「私が来たときにはもうツクルナがいて、私たちは今まで話してて」

なるほど。だから天音先輩のフルネームを知っていたのか。

「で、演劇の話もしたら、ツクルナ、興味あるって！」

ただでさえ量子ゆらぎが高まっている天音先輩に、別サーバーから来たツクルナを会わせていいものだろうか。

しかしわたしの不安を吹き飛ばすかのように、燦然《さんぜん》と輝く光のかたまりが体育館に入ってきた。まさか――ガルズオルム？

わたしたちは、その異様さに後ずさりしてしまう。

しかしそのかたまりの中から声が聞こえてくる。

「びっくりした？　新しい〈多体系ドローン〉の印刷が終わんなくて」

「印刷？　天音先輩⁉」

「ん？　そうだけど？　ああ、ちょっと集まり過ぎか」

先輩の声が命令だったらしく、光の靄《もや》が広がって、中から先輩が現れた。それから光の粒子は一気に拡散して、体育館全体に広がった。

「星空……‼」

「きれい――」

瑞希が感嘆し、ツクルナがつぶやく。

光はあっというまに天井にも床にも広がって、わたしたちは星の海に包まれてしまった。

手元に飛んできた星は、ちいさな蝶のようだ。

「すごいでしょ。超ちっちゃいドローン！　３Ｄプリンターで立体印刷したんだよ」

「先輩、もしかしてこれ、劇に使うんですか？」と瑞希。

「もちろん！　使うどころか、主役と言ってもいい」

天音先輩は〈宇宙膨張〉をテーマにした劇にしたいのだという。

物理学的にきちんと理解するのは大変なのだろうけれど、星たちが離れていくイメージはわかりやすいし、きっと美しいだろう。ストーリーは全然予想がつかないけど。

ん？　主役？

「先輩、脚本、できたんですか？」

「いつか作ってたっぽい〈執筆支援ＡＩ〉みたいなＡＩが勝手に自動学習してて、これがメタ優秀だったんだ。だったらと思って、初期宇宙の話をしたら一瞬で脚本ができあがっちゃって。みんな見てみて」

先輩のメガネからわたしたちのコンタクトレンズに脚本データが届いた。

わたしはツクルナのことが気になって、

「あ、先輩。この子――」

「うん、もう送ってるよ。スマホ持ってるんでしょ？」

ツクルナがうなずき、スマホをわたしたちに見せた。すでに台本ファイルが開かれている。

天音先輩は――いちいち細かいことは気にしないから――まだあいさつもしていないツクルナにも送っていたのだ。

数分後、ツクルナがつぶやいた。

「この台本……面白い」

「本当⁉」

よろこんでいる先輩をよそに、わたしはツクルナの読む速さに驚いていた。もしかしてツクルナは――ガルズオルムみたいに――知性加速してる？

わたしが紹介しようとしたら、ツクルナ自身が先輩に近づいていった。

「私、ツクルナ。よろしく」

「あたしは深谷天音、よろしく！　演劇部の子？　あたしたちの演劇に出る？」

「今は違うけど、うん、そうなる」

天音先輩にツクルナなんて、量子不安定性が高まりすぎだ。

しかしわたしが止める間もなく、話が決まっていく。

生徒会長になっても、あるいはどんなにサーバーを調整しても、この仮想世界はとてもと
ても、わたしの思い通りに操作なんてできないのだ。

半覚醒していた頃の天音先輩が偉ぶって言っていた。

――守凪ちゃん、それこそが量子性なんだよ。

しかたない。天音先輩とツクルナは舞南で注意するべきトップ二人だ。むしろいっしょに
いてくれたほうが、何かあったときに対応しやすい、と思うことにしよう。

わたしたちは輪になって座りこみ、脚本を読むことにした。表紙をめくって、登場人物の
ところで早速わたしは悲鳴みたいな声をあげてしまった。

ミズキ　　天文台長
リョーコ　了子
キョウ　　宇宙飛行士
タモツ　　レンズ職人

「なんですか、リョーコって。説明も〝了子〟だし！」

「もちろん守凪ちゃんのことだよ。あてがきっていうんだっけ？　生徒会長が出れば盛り上がるでしょ！」

すでにフォセッタによる記憶の書き換えが実行されたようだ。わたしが生徒会長になったなんて、本当なら天音先輩は大騒ぎするはずなのに、すでに過去の出来事として認識されている。

そして問題はそんなことより、

「わたし舞台に立つなんてムリムリムリムリムリ――」

「――了子、騒ぎすぎ。そもそも本番で舞台に立つのは演劇部員だから」

「あ、そうなんだ？」

わたしはほっとしたのだが、

「えー⁉」

と天音先輩は露骨にがっかりしている。

瑞希はすぐになぐさめるように、

「提出まで一ヶ月あるので、私たちで演ってみて、台本を面白くするというのはありですよ」

「おー、いいね！」

一転して笑顔になった先輩を見ていると、これ以上反対するのも気が引けてきた。わたしは自分の映画に出たことはほとんどないけれど、演技にはもちろん関心がある。

「先輩、**タモツ**って？」と瑞希。

「水嵩保《みかさたもつ》、天文部の部長だよ。あたし、ドローンカメラのレンズを調整してもらったことがあって。あー、でも劇に出てくれるかな」

保先輩はオケアノスのクルーで、今は湊司令といっしょに行動している。そもそも出演は無理なのだ。

天音先輩の配役は偶然なのか、それとも天音先輩が覚醒寸前でセレブラントである保先輩に必然的に着目したのかはわからないが、ともかくレンズ職人役なら他に適任がいるではないか。わたしはにっと笑って、

「わたしもやるんですから、先輩もやってください！」

「えー!!　あー、でもそうだね、面白い気がしてきた。――守凪ちゃん、十凍《そごる》は大丈夫？」

そうだ。四人登場するこの劇の、残りひとりこそが大問題だった。わたしは事情をおおむね知っている瑞希に目配せしつつ、

「実は京《きょう》ちゃん、九月一日からドイツに留学してて」

「ドイツ！　数学系!?　いや、十凍は哲学系も得意だからなー」

天音先輩は夏休みのうちに京ちゃんと仲良くなっているのだった。

わたしは必死に即興で、

「えっと、水泳系かな？　いろいろやるって言ってました！」

「おー、あたしも留学ますます楽しみになってきた」

京ちゃんが文武両道なのは本当だけれど、とはいえ京ちゃんはセレブラムの任務中で、現実世界ではドイツもアメリカも――なんて話すわけにはいかない。

これは天音先輩を量子的にびっくりさせないための演技あるいはただのうそで、しかも先輩の留学話をそのまま使わせてもらった、ひどく下手なうそなのだ。

「私……宇宙飛行士、演《や》りたい」

ここでツクルナが小さな声で、しかし力強く主張した。

先輩がすぐに反応する。

「いいね！　――瑞希っち、良い？」

「もちろんです‼」と瑞希。

「……がんばる」

ツクルナは再びささやくように言ったけれど、その声はきっちり届いた。不思議な声だ。

「よし、じゃあ書き換える。役名は引き続き本名で！」

先輩の合図でデータが書き換わる。

ミズキ　天文台長
リョーコ　了子
ツクルナ　宇宙飛行士
アマネ　レンズ職人

しばらくして台本を読み終えた瑞希が手をあげた。

「先輩、はじめての台本おつかれさまです。いきなり言いますけど、今のままだとセリフが弱いです」

「弱いって？」

「日常生活のときみたいに舞台で話すと、かえって不自然になっちゃうんです。たいていの場合、弱くて薄い芝居になります」

演劇は、映画や小説と違って、観客と同じ現実レベルで展開する。演者も観客も同じRにいるのだ。映像や文字はRに存在するけれど、映画や小説はRとは少しずれたところにある。

幻体の演技を幻体の観客が見るのだから、Rとか現実とかいうのもヘンだけれど、わたしたち幻体にとっては幻体こそが現実なのだ。現実空間の俳優たちがオンライン上やVR空間で演劇をするよりもずっと生々しい舞台になるだろう。もはや現実には俳優さんなんてひとりもいないし――だから河能《かのう》先輩はわたしに『きみは映画監督になれない』と言ったのだけれど——Ｒの地球は荒廃しきっているのだ。

わたしが勝手に落ちこんでいるあいだに、天音先輩は瑞希が話したことについて検索をしていたらしく、

「少し変わった言い方や振る舞いをするってこと？」

「はい。演劇では〈異化〉と言います」

瑞希は演劇理論にくわしいのだ。

「なるほどね。——こういう感じ？」

天音先輩がＡＩ検索結果を、さっそく多体系ドローンを使って、わたしたちの目の前に映し出した。

光の文字がぼんやりと光った。一目それを見た瑞希がおもむろに演じ始める。

プロス　——此地上《このちじやう》に有《あ》りとあらゆる物《もの》一切《さい》が、やがては悉《こと〴〵》く溶解《ようかい》して、今消去《いまきえさ》った彼《あ》の幻影《まぼろし》と同様《どうやう》に、後《あと》には泡沫《ほうまつ》をも残《のこ》さぬのぢや。吾々《われ〴〵》は夢《ゆめ》と同じ品柄《しながら》で出來てゐる——

シェイクスピア『テンペスト』からの引用だ、とＡＩによる補足が流れる。**プロス**というのは主人公プロスペローのことだ。

姿かたちは当然瑞希のままなのだけれど、発声と身振りだけで、そこには瑞希ではない、

プロスペローがいた。

わたしは瑞希の演技にすっかり魅了されてしまった。

「守凪ちゃん監督、今の撮《と》ればよかったね」

「カメラ、部室に置いてきちゃいました」

「珍しいね」

確かにそうかもしれない。一学期も夏休みもずっと手放すことはなかったのに。もしかしてわたしのなかの映画愛みたいなものが量子崩壊している？

ここでツクルナが瑞希に拍手をして、わたしと天音先輩も続く。

瑞希がうやうやしくお辞儀をする。

「これ、坪内逍遙《つぼうちしょうよう》訳ですね」

「さすが演劇部」

瑞希と天音先輩は楽しそうだが、わたしはあらためて天音先輩が良いと思ったというセリフをながめた。指先を近づけると、超小型ドローンの排熱があたたかく伝わってくる。文字と手が溶け合うようだ。

その文字の向こう側からツクルナが話しかけてきた。

「了子はこの劇を見たことがある？」

「ううん。劇を原作にした映画は見たけどね。そっちはプロスペローじゃなくてプロスペラーって性別を変えていた」

ツクルナがうなずく。

「〈アダプテーション〉——翻案の一種。語り直すことで作品は多層化、豊穣《ほうじょう》化していく」

わたしは声をひそめてツクルナにたずねる。

「渋谷サーバーには映画館も劇場もたくさんあるんだろうね」

「うん。ただ、見る人も演じる人もいない」

「いないって……たまたま?」

ツクルナは寂しげに首を横に振った。

「渋谷にはわたしたちしかいなかった……」

わたしの鼓動はどんどん早くなる。

先輩が『テンペスト』から引用したセリフは、ほとんどわたしたちのことを言い当てている。

偶然? いや違う。天音先輩の覚醒が近づいているのだろうか。それで、無意識的にプロスペローの言葉を拾い出したんじゃないか。

「この多体系ドローンで消えていく星空をシミュレーションしようかなって。プラネタリウムでも見たことないし、きっときれいだと思うんだよね」

天音先輩の言う通り、それはきっと美しい舞台になるに違いない。美しく、悲しい舞台に。

それはほとんどわたしたち幻体の未来のようだ。

「了子、本当にこの劇をする？」

そう訊ねるツクルナはわかっているのだ。この劇をみんなに見せる意味と危険性を。

即答できないわたしのとなりで瑞希が答える。

「私はいいと思うよ。セリフだけ書き直してもらえれば」

瑞希の挑発的な発言に、天音先輩はにやりと笑う。

「もちろん。あたしだって今のままで完成してるとは思ってないから。修正にも執筆支援AIは使わせてほしいけど」

天音先輩もわたしをじっと見つめる。

「わたしは……」

天音先輩のドローンはきっとすごく素敵な演出になるだろう。

劇の最後、主人公のリョーコは観客に背を向けている。

いったん下を向き、立ち上がってある言葉を発する。

わたしはその言葉をもうずっと前から知っている気がする。

——世界は……

未覚醒の舞南の生徒たちがこの劇を見たとき、永遠に星が失われた夜空を見たとき、どれほどの衝撃を受けるのか、わたしには想像もつかない。

しかし今そんなわたしの危惧を天音先輩に告げてしまえば、先輩はたちまち事態を解して、その場で覚醒してしまうだろう。

いざとなれば、わたしが演技ミスをしてでも、観客の——そして天音先輩の——覚醒を止めるしかない。

そう決意したわたしは天音先輩に演技する。

「わたしも面白いと思います。台本がんばりましょう」

断章2　イェル

あなたと出会ったとき、わたしは何もわかっていなかった。

あなた——三崎《みさき》紫雫乃《しずの》先輩は京ちゃんと付き合っていた。

あなたはかつてイェルと呼ばれていて、京ちゃんに今の名前をもらった。

いくつもの夏をくりかえして、はじめての九月一日を過ぎた今も、わたしはあなたのことを理解できていない。

あなたは二〇二二年九月二日金曜日の朝、自らの形骸部分を舞浜南高校に残して、本体部分を量子サーバーアクセス圏に送り込んでいた。形骸だけでも日常会話はできる。未覚醒の生徒を相手にするのには充分だ。

あなたはサーバーコアに承認され、コア圏内に入る。

紫雫乃《あなた》が人間状になっているため、演算は三次元空間でおこなわれる。

――イェル。

サーバーコアがあなたをそう呼ぶのは、コアが量子世界のはじまりからの存在であることを示している。コアにとって、あなたはいつまでもイェルなのだ。

イェルとは北米トリンギット族の言葉でワタリガラスのこと。

闇のなかで青く輝く羽を持つワタリガラスは、北米のいくつかの神話において、人々に火をもたらす存在として描かれている。

かつてあなたは湊《みなと》たちにもそう呼ばれていた。名称変更を要求しようと思ったものの、なんとなくやめておいた。この〈なんとなく性〉はあなた自身が後天的に獲得したもので、そのことにわたしは心から称賛を送りたい。

――イェル、初めての九月一日が無事に二日になったことを祝わないのか。

「祝えるようなものになった暁《あかつき》には。――サーバーコア、作業を始めましょう」

――冬メモリ基部構造へのルートを開こう。

「ええ。サポートよろしく」

あなたの三年の青いネクタイが空間に溶け、直後に制服がセレブラム戦闘用スーツに置き換わった。

そしてあなたの幻体は量子テレポーテーションされた。

＊＊＊

生徒会メンバーによるサーバーコア整備が功を奏しているのか、ただの幸運なのか、量子情報である舞浜世界は――空が緑色になることが何度かあったものの――十月になっても崩壊することなく続いていた。

映研の部室のテーブルには、今日届いたばかりの小さなトロフィーが置いてある。

「先輩、これ変な形……」

「うん……これはカラビヤウ多様体の三次元射影だね」

「それは……なるほどです」

もちろんよくわからないけれど、わたしも天音先輩も気落ちしていて、会話はそれ以上続かなかった。

映画コンテストの結果発表がおこなわれたのは先週のことだった。突然、〈コンテスト管理ＡＩ〉のループパから映研のみんなに通知があって、わたしと天音先輩は喜び勇んでＶＲ会場に向かった。

結果はカラビヤウ多様体の下の台に貼られたプレートに刻印されている。――『我等《われら》が人生、最良の夏』舞浜南高校／守凪了子監督作品／新人賞――

今年の八月三十一日に提出した作品だ。

ガルズオルムとの最終決戦が終わって、わたしと先輩のふたりだけで完成させた。京ちゃんは実体化して現実の舞浜にいたし、富貝《とみがい》くんは生徒会に入り、みんな忙しかったのだ。

「そろそろ演劇部に行きますか」

「気が重い」

「あっちはうまくいくかもしれないです……」

映画コンテストの新人賞は悪くない。それどころか結構良い。でもわたしも天音先輩もグランプリを獲《と》るつもりだったのだ。

「仕方ない。結果を聞きに行こうか。守凪ちゃん監督」

そして今日は演劇部の選考会なのだった。瑞希が先輩たちに聞いたところ、だいたい一時間の議論で結果が出るという。

提出された台本は十一本で、そのうち三本がクリスマス公演の作品に選ばれるのだけれど、映画コンテストの結果に、わたしも天音先輩もすっかり自信喪失していた。

天音先輩が誰もいない廊下で片手を挙げた。わたしには見えない――見える必要のない――ＮＰＣのクラスメイトがいたのだ。わたしも合わせて頭を下げる。

舞浜サーバーには、ゲームで言うところの〈ＮＰＣ《ノンプレイヤーキャラクター》〉のような機能型情報体が存在する。幻体が持つような意識はない、ＡＩですらない、ただのプログラムだ。

幻体ごとの認識レベルに応じて、サーバーコアがＮＰＣ表示数を決める。たとえばセレブラントが交番を見ても誰もいない一方で、未覚醒者には警察官が見えるというように。

天音先輩は未覚醒の幻体だから、普通に高校に同級生がいるように思わせる必要があると、サーバーコアが判断しているのだ。

「先輩、そういえばわたし、知らない人に映画を評価されたの初めてです。落ち込むなんて百年早いかも」

「百年たったらおばあちゃんになっちゃうよ。――でも、うん、あたしは十年前に初めてどこかの機関のテストを受けて、Ａ級天才児って認定されたときに超泣いた」

「うれしくて？」

「違う違う。くやしくて。最上位はＳなんだよ」

そう言う天音先輩だけど、それは六歳のときのことで、翌年七歳になったときには改めて声がかかり、きっちりＳ級天才児と認定されたのだった。

わたしたちは演劇部の部室の前で立ち止まった。

結果が出れば瑞希が連絡をくれることになっているから、まだ議論をしているのだろう。廊下にも話し声が聞こえてくる。

「〈演劇の数理構造〉なんてあるのかな」

天音先輩がつぶやく。

「先輩、研究してくださいよ」と瑞希。

「そんなものが仮にあったとしても、面白さや美しさのヒントになるかどうか。——守凪ちゃん生徒会長！　あたし超緊張してきた！」

「わたしもです！」

何十何百のリセットを乗り越えて迎えた二学期は——当たり前だけれど——初めてのことばかりで、生徒会長の仕事はなかなかに大変だった。

そのうえ映画コンテストと舞南演劇部の台本コンペの結果発表が二日連続するなんて。

——事象の発生確率は波のように強め合いますから。

以前フォセッタがそう解説してくれた。量子サーバーの特性だから仕方がないけれど、当事者としてはたまらない。

部室の中から拍手が聞こえた。結果が出たのだろう。わたしと天音先輩は顔を見合わせる。

直後、演劇部のスライドドアが勢いよく開き、瑞希がわたしたちを見つけて飛びついてきた。

「やった、やりました、クリスマス公演の一本に選ばれました！　しかも私たちがトリです！」

「先輩！」「守凪ちゃん！」

わたしたちはすっかり油断してしまい、そのまま瑞希に手を取られ、部室のなかに連れて行かれてしまった。

そうだ、これからそのままオーディションになるんだった。

いつのまにか、わたしのそばにツクルナがいた。

「もしかして演劇部に入った？」

ツクルナは黙ってうなずく。そばに友だちらしい部員もいて、どうやらそれなりに部に馴《な》染《じ》んでいるようだ。わたし個人としてもうれしいけれど、渋谷サーバーから来た転校生が舞浜サーバーで安定して生活できているというのは、セレブラントとして、そして生徒会長としてとても喜ばしい。

「それではオーディションを始めよう」

演劇部部長の早乙女《さおとめ》先輩の一言で、騒がしかった部室が静まり返る。

「じゃあわたしたちは帰りましょう、天音先輩」

部室を出ようとしたわたしの腕を、ツクルナがそっと——しかししっかりと——捕まえる。

「ん？」

「あなたもオーディションに出るべき」

「いやいやいや、わたし映研部員だから‼」

そのとき早乙女部長がわたしに微笑《ほほえ》みかけた。

「いいじゃないか。生徒会長が出たほうが盛り上がる」

「守凪ちゃん、あたしの分までがんばって！」

すでに部室から逃げ出した天音先輩が、気軽に応援してくれる。

まったくもう。

日常を続けること自体、わたしにとっては演技なのだ。

その演劇的日常のなかで、さらに演劇をするということ——それってメタ的というのか、演技性がループしているというのか、何にせよみんなを騙《だま》している気がして少々うしろめたいのだけれど、いつか話せるときが来たら、きっと天音先輩は面白がってくれるだろう。そのときまでわたしは二重に重ね合わされた演技を続けるだけだ。

「わかりました。一年D組守凪了子、リョーコ役のオーディションに参加します」

「では相手は私がしよう」

早乙女部長が立ち上がる。

「部長がですか？　もしかして……」

「ああ、私はミズキ役に立候補する。面白そうな役だからな。立花《たちばな》も出るんだろ？」

部長の挑発に、瑞希が明るく答える。

「もちろんです！　当て書きされた役ですから負けませんよ」

まったくみんな勝手なんだから！

コンペ用の台本が部室にＡＲ表示される。

ミズキ　星はまだ見える？
リョーコ　はっきりと。この星たちのいくつかはもう消えているなんて信じられない。
ツクルナ　星も光も、何もかも見えなくなったら？
リョーコ　わかんないけど（うろうろ歩く）たぶん星か、何か、誰かを探す。

二人から問いかけられる場面が選ばれている。選んだのは部長だろう。

わたしは舞浜サーバーのセレブラント。

ツクルナは渋谷サーバーから来た完全覚醒状態の転校生。

瑞希は完全覚醒したばかり。

楽しそうに見ている天音先輩は半覚醒を何度か経験していて、でも今は早乙女部長と同じ、未覚醒状態だ。

みんな、違うＲ《現実》にいて、みんなそれぞれに生きて、自分の役割を演じている。

みんな、まったく違う世界認識を持っているのに、それでもこの場では、同じ劇空間のなかにいるなんて、考えれば考えるほど、不思議に思えてくる。

突然、何らかの〝場〟のようなものが立ちあがる――こんなことは演劇部員にとっては当たり前なのかもしれない。映画だって同じことはある気がする。同じ映画を見た経験が、遠く離れた人と人を結びつける。
あるいは大切な誰かといるだけで世界はたちまち書き換わってしまう――不思議でも何でもないただの事実が、今のわたしにはたまらなく楽しく、うれしい。
そして、劇がはじまる。

ミズキ　星はまだ見える？

早乙女部長はもう完璧に**ミズキ**になっていた。
わたしもただの了子のままではいられない。

第3章　量子ノイズ

生徒会による舞浜サーバーコア整備の甲斐《かい》あって、量子的時間はつつがなく十二月にまで進み、わたしはと言えば、芝居の稽古に明け暮れていた。

湊《みなと》司令たちの分析によって、天音《あまね》先輩に舞浜サーバーの異常《アノマリー》が集中しつつあることが判明して、わたしには先輩の監視と、いざというときの――生徒会長としての――緊急対応が任務として与えられていた。

映画とは大きく違う演劇にわたしは魅せられていて、最近は生徒会長というよりは演劇部の仮部員みたいな感覚で、演技することが楽しくなってきた。何重にも被《かぶ》った演技をしているようでもあり、いくつもの世界がわたしの中で重なり合っているようでもあった。

クリスマス公演の三作は各六十分ずつ。瑞希たち演劇部員にとってはふつうの尺らしいけれど、わたしにとっては永遠のように感じられる。

それでもわたしたちの劇はそろそろ通し稽古ができるようになるまでに育っていた。

「ツクルナ、セリフ走りすぎ。もう少し落ち着いて」

「わかった。落ち着く」

「了子《りょうこ》は観客を意識して。ツクルナと話すのは当然なんだけど、観客にも語りかけるように。特に最後は演説みたいに」

「演説？　やってみる」

瑞希《みずき》は出演しながら、演出もする。

天音先輩は舞南全校中の3Dプリンターをかき集めて、二十四時間体制での超小型ドローンの印刷製造を続けていた。もっと色々な光を出せるものにしたいのだという。

「早乙女《さおとめ》先輩、もうちょっと幼くて元気な感じにしましょうか」

「いいね。やってみよう」

結局**ミズキ**役は瑞希本人が勝ち取り、**ツクルナ**役はツクルナが、**リョーコ**役はわたしが順当に任されることになった。

残るレンズ職人の**アマネ**役は——叫んだり泣いたりする見せ場が多いからか——人気があって、五人の演劇部員が争うことになり、部長である早乙女汐《しお》先輩が投票で一位となったのだった。

天音先輩が舞台袖の机でドローンを準備しながら、

「アマネ役があたしじゃないって、なんかくすぐったい」

「あはは。リョーコ役を本人がするのも結構こそばゆいですよ？」

と、わたしはあいかわらず天音先輩に対してうまく演技できない。今の会話だって際《きわ》どすぎて、はらはらしてしまう。現実への違和感は、量子サーバー内での覚醒に直結するからだ。

というわたしの心配をよそに、早乙女部長が天音先輩に声をかける。

「小さなドローンがたくさんあるが、どうやって操作を？」

机の上には指先ほどの大きさのドローンが何百も並んでいる。最終的には千機を使う予定だという。

「この子たちは離れてるけど繋がってて、全体でひとつなんです。〈ホロニックＡＩ〉って言えばいいのかな。もちろん台本は理解してるので、勝手に動いてくれます」

わたしはさらにどきどきしながら先輩たちの話を聞いていた。〝ホロニック〟なんて、セレブラントの装備である〈ホロニックローダー〉を思い出さざるを得ない。

話題を変えるために、わたしはわざとらしく天音先輩の隣の椅子に座って、

「このドローン、羽根が二重なんですね」

「そう、二重反転式！　空中で安定するように。あと全部の羽根がスピーカーになってて」

天音先輩のしゃべりたがりを利用したみたいで悪い気もするけれど仕方ない。先輩のまわりに現れている量子的違和感――〈量子ノイズ〉がこれ以上増えたら、先輩も舞浜も量子崩壊してしまう。

ドローンスピーカーから流れる音楽は、渦原晋介《うずはらしんすけ》先輩がプログラミングした作曲ＡＩによ

るリアルタイム演奏だ。映画音楽に関心があって映研に入っていたのだけれど、何回か前の八月三十一日のリセットのときに消失《ロスト》してしまった。量子サーバーの〈現実補正〉によって、未覚醒の天音先輩は渦原先輩が音楽留学したと思い込まされている。

補正される現実は、サーバー全体の負荷が最も小さくなる現実水準が選ばれる。簡単な偽情報をニュースとして流布《るふ》するだけで良いこともあれば、サーバー全体に強い負荷をかけて全員の記憶を書き換えなければならないこともある。同じタイミングでロストした三年の飛《ひ》山千帆《やまちほ》先輩のことは、天音先輩の記憶から完全に消え去っている。これも天音先輩がアノマリーだから?

天音先輩と千帆先輩は四月の段階では毎回のループでひどい仲違《なかたが》いをしていた。でも毎回、夏の終わりには仲直りをするのだった。

千帆先輩は消失直前の夏に言ってくれた。

――守凪さんには、人と人を繋ぎ合わせる力がある。きっと良い監督になれる。

あれはもう何度も前の夏なのだけれど、体感的にはついこの前のようでもある。

そしてこの感覚は決して感傷などではない。

幻体であるわたしは――中でもウィッチであるわたしは――量子エンタングルメント感受性が高く、過去も未来もとても身近なものとして感じられる。

千帆先輩は天音先輩に恋をしていた。天音先輩も気づいていたみたいだけど、こういう方向に天音先輩の知性は全然向いていなくて——わたしなんてもっと向いてないから全然協力もできなくて——二人の関係性はリセットされるまでほとんど進展することはなかった。

シオ　もっと光を。
ミズキ　ゲーテ？　空には星があんなに瞬いているのに？
シオ　足りないよ！

二人は本番でも舞浜南高校の制服を着て出演する。どちらも二十一世紀人という設定なのだ。

瑞希／**ミズキ**が舞台を踊るように歩き、おもむろに早乙女部長／**シオ**に顔を近づける。口づけの演技だ。

ふたりとも完璧に演じていて、口づけなんてしていないと知っているわたしでもどきどきしてしまう。きっと本番では観客席から声にならない声が漏れるだろう。失神する子も出るかもしれない。でもまあ、それくらいでは消失はしないはず。

ふたりが作り上げた場に溶け込むようにツクルナが歩み出る。

ツクルナ　光が流れる。

そのセリフをきっかけとして、天音先輩が作った超小型ドローンたちが舞い踊り、光の膜を舞台上に作り出す。

キスの演技に赤面したままのわたしは、仮想の星空の向こうに京《きょう》ちゃんを思い浮かべてしまう。まだ帰ってこないなんて！　連絡もあんまりくれないし！

断章３　十凍京《そごる》

あなたは今その記憶のほとんどを失って、無人の渋谷を走り続けている。渋谷も冬になっていて、道路にはうっすらと雪が積もりつつある。

あなたのまわりの街並みが次々に改変されて、その情報圧でもう何度も吹き飛ばされていた。

「ガルズオルムの残党か⁉」

数刻後どこからともなく声が聞こえてきた。声音《こわね》には不快感がにじみ出ている。

――ガルズオルムだと？　それはこちらのセリフだ。そのスーツ、ガルズオルムたちのものに似ている。

「これはセレブラムのパイロットスーツ！　俺たちはずっとガルズオルムと闘ってたんだよ！」

――セレブラム……。しかし我等《われら》〈オルタモーダ〉でないのは明白。消えてもらう。

オルタモーダについて、わたしにはわかるけれど、あなたにはわからない。

相手は物体を壊しているのではない。サーバーにアクセスして、量子情報ごと書き換えている。あなたは為《な》す術《すべ》もない。ゼーガペイン〈アルティール〉はRの舞浜の海岸にあって、渋谷サーバーが作り出すVR世界には呼び出せない。

あなたが渋谷駅前のスクランブル交差点に駆け出すと、先回りするように周辺全体が改変された。追い込まれてしまったのだ。

「渋谷を壊すんじゃねえ！　守凪《かみなぎ》が来たいって言ってたんだ」

覚えてくれてたんだね。

しかしオルタモーダにはオルタモーダの主張がある。

――ここはぼくたちの街だ。

「ぼくたちって、他の人はどこだ？」

――きみたちが設置したデフテラコアによって多くの人々は消失してしまった。

信じたくはなかったけれど、あなたもわたしもそのような量子サーバーをいくつも見てきた。

「だから俺はガルズオルムじゃないって！　俺は千葉県民！　舞浜南高校一年、十凍京だ！」

＊＊＊

十二月二十三日は二学期の終業式だった。

舞浜南高校は文科省認定の特別高だけあって――もちろん認定なんて世界崩壊前のものではあるけれど――卒業生の進路は多彩で、海外の大学に行く人もいれば、在学中に起業した人も少なくない。

とはいえ三年生の大半はこれから受験があって、三学期はもうほとんど学校に来ることはない。だから三年生にとっては、この二学期の終業式が、卒業式までにみんなが集まれる最後の日で、三年生の大半も、一年生二年生とともに、演劇部による〈クリスマス公演〉に参加する。

というのはすべて後付けの理屈で、舞南生全員をここに集めて一気に〈量子ノイズ除去〉をしてしまおうという、湊司令が二学期の開始直前に思いついたイベントなのだった。かつての舞南にも似たようなイベントはあったみたいだけど。

これくらいの行動誘導は以前からやっているのだと、オケアノス艦橋での会議でフォセッタが教えてくれた。

「なるべくみんなにウソはつきたくないな」

わたしが気軽に言った感想みたいな意見に、セレブラントのひとり——美雨《メイウー》が怒り出してしまった。

「そんなに未覚醒者を騙《だま》したくないなら、舞台の上でこの世界は量子計算された幻ですって言えばいいのよ！　守凪生徒会長！」

こういうときの美雨は本当にむかつく。

わたしはちょっと眉をひそめつつ言い返してしまう。

「できるだけ、だよ。そんなに間違ってるとは思わない」

「そういうの、自己欺瞞《ぎまん》って言うんだよ。みんなを騙す代わりに、了子は自分を騙してる、だ、け！」

もう、今思い出しても腹が立つ。双子の美炎《メイイエン》ちゃんがあとでフォローしてくれたけど！

「守凪ちゃん監督？」

「はい？　はい！」

楽屋のすみっこの椅子にぼんやり座っていたわたしは、天音先輩に呼ばれてあわてて立ち上がった。

もうすぐ三公演が始まる。各作品のあいだに二十分の休憩がある。最後のわたしたちはこれから準備に入るところだけど、前二作のキャストとスタッフはほとんど悲鳴をあげながら最終調整をしている。

「ほらほら、こっちだよ。守凪ちゃん」

天音先輩に引っ張られて、わたしは楽屋裏の着替えスペースに連れてこられてしまった。

「は？　え？　これ？　わたしの？」

わたしを待っていたらしい瑞希が、両手を広げて、吊《つ》るされた衣装をわたしに示した。

「そう！　演劇部が誇る衣装チームの大作、すごいでしょ！　大作すぎて今日になっちゃった」

「そういえば先月くらいに採寸されたけど――。これドレス？　うっわ、ここすごい透けてる」

「だからこれくらいやらないと舞台では――」

「――かえって浮いちゃうって言うんでしょ！」

瑞希のうしろには、衣装チームなのだろう、五人の演劇部員たちがわたしたちの様子を遠巻きに見守っている。こんなの断れない。

「わかりました、着ます」

衣装チームから歓声があがる。まったくまったく。

直後、わっとチーム全員がわたしのまわりに集まってきた。

わたしはきゃあきゃあ言われながら、あっというまに制服を脱がされて、ものの数分でドレス姿にされてしまった。

午後四時になって、わたしたちの劇の開演五分前を知らせるブザーが鳴らされた。

校長先生の挨拶がはじまり、天音先輩があちこちに設置したＡＩ搭載の無人カメラ五十台が連動して撮影をはじめる。いつか映画にできればいいんだけど。

客席はいっぱいで、舞台袖の早乙女部長も瑞希も少なからず緊張しているようだった。ツクルナはどうも表情が読めないが、わたしはもちろん思いっきりどきどきしている。

わたしたちはデータ人間で、劇も日常も、すべては量子ビットで記述されている。サーバー容量が決まっているから、情報量が増えることもない。わたしたちは誰も見ていない劇をしているのではないか。

でも。

幾度もの夏を超えて、わたしたちセレブラントは、今ここに気持ちが存在することを否定し切ることができなかった。

この冬の劇も、ほとんどの舞南生にとって、何気ない高校生活の一部なのだ。

だからわたしたちは、わたしは、未覚醒のみんなが消失しないように、必死にこの日常を――この劇を――はじめなければならない。

一作目が終わり、拍手が起こる。

講堂の照明がついて、窓のカーテンが開かれると、外は雪が降り始めていた。

もしかするとホワイトクリスマスになるかもしれない。

これまで二百回以上の夏を繰り返していた舞浜サーバーに初めて降る雪だ。

「了子、演《や》れそう？」

天文台長らしき白衣を着た瑞希が声をかけてきた。

「大丈夫！　何だか気合《きあい》入ってきた！」

この劇そのものが——星空の、光の消失《ロスト》を描くこの劇が——未覚醒者に対して衝撃を与えるのではないかというわたしの危惧は、サーバーコアによるシミュレーションによって否定されている。

サーバーコアも万全とは言えないのではとわたしは反論したが、それも湊司令に却下されてしまった。舞南の全生徒に対しては、直接この世界のヒントを与えることで、常に覚醒を促しているというのだ。

確かに。倉重《くらしげ》先生の授業があるし、ニュースもゲームもあった。わたしの弟、浩治《こうじ》もそれらに触れていて——時々半覚醒状態にはなるものの——今のところ覚醒せずに安定している。

倉重先生はかつて量子サーバーを開発していた第一世代のセレブラントだ。わたしみたいに途中から覚醒したわけではない。

未覚醒のときは、さすが高校の授業は難しいと思っていたのだけれど、それは倉重先生の専門の量子エレクトロニクスにまで踏みこんだものだったからだ。

――つまり、単一光子《たんいつこうし》で単一電子を量子的に整御することで、量子エンタングルメントの測定限界も見えてくるわけだな。

これはさすがに十六歳の高校生にはハードルが高すぎる。

とはいえこの授業は別に内容を理解させようとしていたのではなく――京ちゃんはついていっていたけど――〈コヒーレンス〉や〈自発的対称性の破れ〉のような言葉をきっかけとして、未覚醒者の覚醒を引き起こすことが目的だったのだ。覚醒確率を上げるため、授業のみならず、ニュースや新聞、あるいはゲームにも、きっかけとなるキーワードが埋め込まれている。中でも大ヒットゲーム『ペイン・オブ・ゼーガ』は、露骨にゼーガペインそのものに乗ってガルズオルムの無人兵器と戦う、かなり明示的なものだった。

――それでも覚醒する人はほとんどいなかった。あなたたちの劇では何も起きないから安心して楽しんできなさい。

湊司令の言葉はもっともだった。

わたしが初めて覚醒したのも、京ちゃんのバイクの後ろに乗っているときだった。それはゼーガペインの後部座席に通じなくもないけれど、たぶん関係はない。覚醒もまた量子力学的な確率事象なのだ。

「生徒会長、いい衣装だな」

早乙女汐《しお》部長に声をかけられてふりかえった。

遠未来のレンズ職人がどんな服装をしているのか、天音先輩はSF考証としても衣装チームに色々な案を出していたけれど、そこにいた部長はシルバーのタキシードを着た花婿みたいだった。長い白衣の瑞希と並ぶと、舞台映えするに違いない。

「あまり見るんじゃない」

「どうしてですか？　素敵です」

「ふん」

こうなるとツクルナの衣装にも期待してしまう。宇宙飛行士ということで、天音先輩が最も気合を入れていた気がする。

更衣スペースの布が開いて、ツクルナが姿を見せた。

真っ先に天音先輩が反応する。

「おー、本物っぽい」

ツクルナの衣装は、明るいブルーのつなぎだった。

小柄なツクルナには少し大きめで、非常にかわいいぞ。

「かっこいいよ、ツクルナ！」

「なら良かった。天音がこれはＮＡＳＡっていう人の服だって」

ツクルナなりによろこんでいるようで、わたしもうれしくなる。

天音先輩はつなぎに付けられたワッペンを撫でながら、

「NASAはアメリカ航空宇宙局のこと。これは宇宙飛行士が訓練中に着る〝ブルースーツ〟で、このワッペンはあたしが小学生のときに本部のショップで買ったんだ」

客席のほうから拍手が聞こえてくる。

二作目が終わったということだけど、一作目のほうが拍手は大きかったかも？　いや、だめだだめだ。今は自分たちの劇に集中しないと。

レンズ職人の**アマネ**あらため**シオ**役の早乙女部長が、上手《かみて》の舞台袖でわたしと瑞希とツクルナを集めて、

「たくさん稽古したたな。本番は楽しんでいこう」

稽古とは古《いにしえ》を稽《かん》がえることだと、いつかの稽古で部長が教えてくれた。反射的に、わたしたちに古なんてないのにと言いそうになってしまったけれど、それは拙速だった。RからXRに移り住んでも、わたしたちに過去があることは端的な事実だ。そして未来のいつかには、わたしたちの演劇が古になればいいと心から思う。

「始めちゃっていい？」

舞台装置全般を担当する天音先輩が、下手《しもて》の舞台袖から声をかけてきた。

わたしはドレスを翻《ひるがえ》して、舞台の中央に立つ。

幕の向こうには客席がある。稽古のときは誰もいなかったけれど、今日は満席だ。

すうっと息を吐き出していく。

わたしが天音先輩にうなずくと、それをきっかけにゆっくりと幕が上がっていく。

わたしたちの劇が始まったのだ。

リョーコ　ここが世界最後の天文台？

リョーコは長い旅路で疲れ果てている。
そこに天文台長とレンズ職人が登場する。

ミズキ　レンズは磨いてくれた？
シオ　透明よりも透明に。

ミズキが**シオ**にキスをして別れを告げる。もちろんふりなのだけれど、演劇部のエースと部長による演技は軽やかで、観客席からはため息をともなったざわめきが起きた。

ここでいったん早乙女部長が袖に戻り、舞台に向かうツクルナに声をかける。

「楽しんで、ツクルナ」

ツクルナはうなずいて、舞台中央に歩み出る。
リョーコと**ツクルナ**は天を巡る星たちに合わせるように踊り、歌う。

ツクルナ　星は遠く、真理はなお遠い。
リョーコ　あなたはしかしあの星の世界に行くのでしょう?

遠方の銀河たちがどんどん遠ざかり、近くの星々は暗くなっていく。

これが何億年、いや何兆年も先の、地球から見える星空だ。

あるいは来年も迎えられるかどうかわからないわたしたちだけれど、こどもたちは——量子サーバーの幻体としてなのか肉体を持ってなのか——この暗い星空を見ることができるのだろうか。

そして、そもそもわたしたちはいつか妊娠することがあるのだろうか。

演じていると、そのような疑問は遠ざかっていく。

リョーコ　光が見えない。生まれる前からわかっていたけどね。
ツクルナ　それでも寂しい?　悲しい?
リョーコ　百兆年前の記録が残っているからなのかな。

ツクルナ　あったはずの星空が恋しい？
リョーコ　わたしは今が最高に楽しい。

そしてわたし／**リョーコ**は言う。
お腹の中のこどもに向かって。

リョーコ　早く生まれておいで。

すべてのドローンが消灯して、体育館は完全な暗闇になる。

沈黙が続き、闇の中で誰か一人が拍手をしてくれる。

でもそれはとても勇気の要《い》ることだ。拍手は小さくなっていく。

しかしここまでのすべてが天音先輩の計算であり、瑞希による演出なのだ。

拍手が消え入りそうになる直前、少し離れたところで別の一人が拍手を始めた。

この絶妙な間《ま》は、決して人工的には作り出せない。計算も演出も、この間を生み出すための下準備に過ぎない。

リョーコ　世界は光でいっぱいだよ！

　そして、瑞希と天音先輩によって計算し尽くされたタイミングで舞台幕が下りて、わっと拍手が大きくなったあとは、もう一度わたしたちの作為が活《い》きてくる。

　うねるような拍手のタイミングに合わせて、照明をつけて、わたしたち四人は舞台に出て挨拶をする。

「了子。私を受け入れてくれてありがとう」

　ツクルナがわたしの耳元で、ツクルナにしてはかなり大きな声で言った。

「ツクルナこそ舞浜に来てくれてありがとう！」

「ほらほら、そういうのはあとあと。みんなもう一回おじぎして袖にひっこむよ！」

　瑞希の合図で、わたしたち四人は手を繋いだまま深々と礼をして、ためらうことなく舞台を走り去る。

　息を整えていると、袖で天音先輩がぼんやりと立ち尽くしていた。

「先輩？」

　呼びかけても、先輩はほとんど反応しない。

　先ほどの暗闇の沈黙よりも長い時間がたって、瑞希もツクルナも異変に気づいた。

　そしてようやく先輩の目はわたしに焦点を合わせてくれた。

　先輩の頬《ほお》をすうっと涙が流れる。

「……守凪ちゃん、あたし、全部思い出しちゃった」

——え？　え⁉

そのとき客席のほうから、まさに絹を裂くような、幕を切り裂くような絶叫が聞こえた。

わたしは天音先輩の涙を気にしながらも、うしろをふりかえる。

第4章　覚醒する場

最初に悲鳴をあげた生徒はすぐにわかった。

暗い客席の中央あたりで、一人の生徒の右腕が光りながら消えていっている。

本人は茫然自失《ぼうぜんじしつ》していて、その隣の、おそらくは友人なのだろう生徒が口をおさえている。

きっと瞬間的に覚醒してしまって——厳密には半覚醒状態になって——セレブアイコンが暴走して、腕だけがどこかに転送されたのだ。まずい。〈消失光〉はさらに強まっていく。

いつもだったら、そもそもこんなことが起きる前に量子サーバーが〈R補正《現実》〉をかけるはずなのに。メンテナンスがまだ終わっていないから、サーバーコアが見落としたのだろうか。

生徒たちは全員立ち上がり、遠巻きに見つめている。

きっとみんな、これが観客をまきこんだ演出なのか、それとも予想外の事態が起きているのか、判断できないでいるのだ。

劇そのものが、天音《あまね》先輩のドローンを会場中に散らせたり、照明もホログラムも多用したものだったから、そう思っても無理はない。

でもこの事態は――演劇なのか現実なのか――わたしにとって、とても皮肉なことのように感じられる。

思わず――かつてわたしも天音先輩も半覚醒していたあの頃みたいに――このことについて話そうと先輩のほうを振り返った。

しかし先輩はセレブアイコンを不規則に瞬《また》かせながら、ひざをついてしまった。

「先輩！」

「……守凪《かみなぎ》ちゃん、ごめん。頭、超いたくて。声……小さめでよろしく」

わたしは慌てて口をおさえて、先輩をその場に横たえた。

先輩の体に量子ノイズが走ってたりしてはいないけれど、セレブアイコンの明滅はますます不安定になっている。

そのとき客席から再びざわめきが湧き起こった。

「あたし、ちょっともうムリだから……。守凪ちゃん使って」

ドローンの視界がわたしのコンタクトレンズに共有される。

「は、はい！　――げ、他の子も光ってる。二人？　三人？」

ツクルナがわたしの肩をつっつく。後ろには瑞希《みずき》もいる。

「了子《りょーこ》なら消失を止められる。天音は私と瑞希が見ておくから」

自信満々なツクルナの言葉に、瑞希がうんうんとうなずく。

瑞希はわたしが生徒会長だからって過信しているみたいだけど、ツクルナもそうなのだろうか。しかし今は確かめている場合ではない。

「わかった、お願い！」

舞台の緞帳《どんちょう》の前に戻ると、客席は大混乱だった。もはや誰も舞台のほうなんて見ていない。わたしは舞台から飛び降りて、客席のあいだの通路を駆け上がる。

「ここに来て！」

わたしの音声入力で、天音先輩の小さなドローンたちが集まってくる。

こういう光の演出だと思ってくれるといいんだけど。

しかし一部の生徒は不安定なセレブアイコンの光に惹《ひ》きつけられている。

仕方ない。もう一押ししてみよう。

えっと、えっと――

リョーコ　こわがらないで。（言葉を探して）光はあなたそのものだから。

もはや俳優なのか生徒会長なのか、自分でも役割がよくわからないまま、わたしは問題の生徒のもとに駆け寄った。

再びわたしに注目が集まる。視線をさえぎるため、ドローンたちを自分のまわりに集めてからセレブアイコンを表示した。

消失し続ける生徒の手を取ると、わたしの体を介してサーバーコアに接続されて、量子ゆらぎはたちまちおさまる。

「もう大丈夫ですから」

消えそうだった子は少しだけ落ちついて、

「……生徒、会長？」

「はい！」

わたしが次の消失光に向かっているあいだに、フィナーレの音楽と退場のアナウンスが流れ始めた。天音先輩、いいタイミング！

リョーコ　帰りましょう。（観客に向けて両手を広げて）光のみなもとへ。

わたしの役は世界の最後を見届ける人類だったはずなのだけれど、もう何が何だか。でもみんなにはわかってもらえたらしく、退場は数分で終わった。

「天音先輩！」

わたしは誰もいなくなった客席から舞台下まで一気に駆け下りる。

幻体は汗をかく必要なんてないのだけれど、さすがにこんなに走り回ると、汗をかかないほうが不自然に感じられて、自動的に描写された汗がひとすじ頬《ほお》をつたった。

それまで袖で天音先輩に付き添っていたツクルナがさっと立ち上がって、わたしに場所をゆずってくれた。

「守凪ちゃん監督……、千帆《ちほ》ちゃんはどこ？」

「先輩……。千帆先輩のこと思い出したんですね」

わたしは先輩のまえに膝をついた。

天音先輩の紫色のセレブアイコンには赤い亀裂が走っている。わたしや京ちゃんのアイコンは青。ゼーガペインのパイロットはみんな青だ。先輩の紫色はオケアノスなどの艦橋スタッフに適性があることを示している。

「了子、これって」

瑞希が覗《のぞ》き込んでいる。

「わかんない。こんなの見たことない」

半覚醒であればセレブアイコンは不安定に明滅する。天音先輩はこれまで何度も半覚醒してきたけど、そのときとも様子が違う。

そしてこんなときにかぎってオケアノスに繋がらない。もしかして何か起きてる⁉

「ね、千帆ちゃんは？」

いつも快活だけど冷静さは失わない天音先輩が、ひどく感情的になって、おびえているようだった。

「天音先輩、校舎に戻りましょう。戻ってからゆっくり話を」

先輩はこくりとうなずく。

わたしはふらつく先輩に体を寄せる。

ツクルナが透き通った声で呼びかけてくる。

「私も手伝う」

「うん、お願い。――先輩。わたしの肩に思いっきり寄りかかってください。ツクルナは左側からお願い」

元々わたしのほうが先輩よりちょっとだけ背が高いのだけれど、今日だけは先輩がすごく小さく軽く感じられる。

断章４　確率について

あなたは――紫雫乃《しずの》先輩は――経験したことのない情報流に対処していた。速く、重い。

あなたにとって情報こそが実体だから。

「湊《みなと》と入江《いりえ》はオケアノスに戻って」

退避指示を出すのはあなたにとって習性みたいなものだ。あなたの情報構造が特別強いわけでもないのに、自然とその役割を演じている。

幻体の消失や覚醒はいつも突発的ではあるのだが、いつも対象者はひとりきりだったから、サーバーコアが常に持つ〈量子ゆらぎ〉だけで吸収できていた。それが今回はその余剰幅を大きく超える、同時に百二人の消失という未曾有《みぞう》の事態が生じ、さらにこの巨大消失によって情報乱流まで起きてしまったのだ。

サーバーコアがあなたに呼びかける。

――イェル。

「私は紫雫乃。三崎《みさき》紫雫乃。以後、呼称変更を」

あなたはありったけ集中して〈拡張ルベーグ測度空間〉で量子確率を計算しながら、ずっと望んでいた呼称変更を今ここでサーバーコアに依頼した。もっと集中したかったのが半分。もう半分はなんとなく、だ。

――了解。登録情報、変更完了。

イェルとは〈量子サーバー管理AI〉の総称だ。量子サーバー開発チームの誰かが付けたらしいが、今となってはそれが誰だったのかはわからない。

サーバー起動初期にはわずかに違うバージョンのイェルたちが無数に存在していたが、ガルズオルムとの戦闘のなかで喪失され、今ではあなただけが生き残っている。だから今さら呼称変更を、しかも今このタイミングでする必要はまったくなかった。

それでもあなたがサーバーコアに依頼したのは、これが最後かもしれないと予想したからだ。

あなたはオケアノスクルーのようなＡＩではない。ルーパのような高性能ＡＩでもない。意識を持つ幻体なのだ。ただし人間だったことはない、純粋に量子情報をエンタングルさせて作られた〈人工幻体〉なのだった。

ゆえにイェルと総称されることは生成時点からずっと忌避《きひ》していた。消滅するかもしれないときまでその名で呼ばれたくはなかった。

――紫雫乃、〈幻体片《フラグメント》〉全消去を提案する。このままでは舞浜全体が消失する。

「それは駄目。オケアノスへの転送はできない？」

〈幻体片〉とは量子情報が破損したために、幻体としての一体性を保てないデータ群のことだ。現状では復活できないものだが、いずれ恢復《かいふく》する技術が開発されるかもしれない。量子サーバー自体が失われている現状で、そのようなことは奇跡というよりも夢か幻に近いものだけれど、あなたはサーバー管理ＡＩとして可能性を自ら消すことは認められなかった。

――知っているだろう、オケアノスに空き容量はほとんどない。ありうるとすればジフェイタスへの転送だ。

「月面の？　それは……危険すぎる」

――否定はしない。確率の問題だ。

破壊現象は二〇七一年現在の科学では確率的にしか予想できない。一年以内に崩壊する確率は九割、といった具合に。

現状の舞浜サーバーは、今にも割れそうな器《うつわ》に、幻体という水が満々と湛《たた》えられているようなものだ。幻体一体を移動しただけで、量子情報圧が偏位して、量子サーバー全体が量子崩壊してしまうかもしれない。

――オケアノスの飛行高度が保てない。不時着が必要だ。

「艦橋に伝える」

そのとき情報空間にノイズが走った。

＊＊＊

天音先輩はぐったりして、わたしの肩にもたれかかっている。

「守凪ちゃん監督、ごめん、重いでしょ」

「全然。先輩、大丈夫ですか？」

「大丈夫とは程遠いかな。吐きそうだし。これは朝ごはん食べ過ぎたせいかもしれない」

「それだけ話せるなら大丈夫です。とりあえず生徒会室に行きましょう。今は誰もいませんから」

どうにかこうにか生徒会室にたどりつくと、天音先輩はすぐ椅子に座り込んでしまった。

わたしとツクルナは先輩の左右にさらに椅子を並べ、先輩を寝かせる。

「オケアノスと連絡しないと」

わたしはドアを施錠してセレブアイコンを出した。ツクルナに対しては隠す必要はない
――あれ？　そういえばどこの艦の所属なのか聞いてないな。

そう思ったとき、オケアノスの回線が開いた。

――守凪さん、そこ生徒会室ですねー。

「フォセッタ！　こっち、大変なことになってるよ！」

――守凪さん、残念ですが、そちらはまだマシです。

「まさかガルズオルムの攻撃？」

――さすがはウィッチの守凪さんですね。現在、舞浜サーバーは外部からも内部からも攻撃を受けています。大変伝えづらいのですが、現時点までに、舞南全校生徒の一割に相当するおよそ百名が一気に消失《ロスト》してしまいました。

息が止まる。

幻体のわたしに呼吸なんて必要ないのに。

――守凪さん、落ちついて。呼吸を整えて。あなたまで失うわけにはいきません。

フォセッタは畳みかけるように絶望的な情報を共有してくる。

——サーバーコアが量子崩壊する寸前です。今は湊司令とイェルが抑え込んでいますが、これ、もしかすると危ないかもです。

「わたしがゼーガで出る！」

——ゼーガペインは全機出撃済です。

「全機ってアルティールも？　京ちゃんは⁉」

——詳細は不明です。情報がほとんど入ってこなくて。でもいやな予感がします。予感ってAIなので確率計算にすぎませんけど。このあたり、元々人間だった幻体のみなさんのほうが優れているんですよね。

どうやらフォセッタは——話す内容とは裏腹に——わたしを落ちつかせようとしているらしい。確かにいつもの調子の話し方はわたしを落ち着かせてくれた。

「状況は、うん、わかった。わたしはここで天音先輩とツクルナと待機して、全校放送でみんなに声をかける。どうかな？」

——現時点の最適解だと思います。

通信を切って、わたしは天音先輩に寄り添う。

生徒会長として全員のことを気にするべきなのはわかっているものの、一番心配なのは目の前の先輩だった。

富貝《とみがい》くんが言っていたように、天音先輩には何らかの兆候が先取りして現れているみたいだ。

先輩には一刻も早く目覚めてほしいものの、その瞬間に舞浜ごと消失《ロスト》してしまうかもしれない。

生徒会長になったところで、舞南や舞浜全体の量子状態をわたしが感知できるわけではない。わたしはここで先輩を見守るほかなかった。

「たくさん消えた……」

ツクルナの目から涙があふれる。

「うん……。幻体片《フラグメント》は残ってるはずだから復活はできると思うけど」

「不可能」

「そんなことないよ！　舞浜サーバーにはメモリが二つあって――」

「――渋谷サーバーには四つのメモリがあった。それでもガルズオルムを食い止めることはできなかった」

「え？　渋谷サーバー、ガルズオルムに攻撃されたの？」

ツクルナがうなずくのを見ながら、わたしはもう一度フォセッタを呼び出す。しかしセレブアイコンが開くだけで、また通信はつながらなくなってしまった。他のＡＩ――タルボ副艦長もリチェルカもディータも出ない。

「舞浜も……まもなくサーバーコアまで侵入されてしまう」

「そんな……」

どうして今？　演劇で感情値が高まったから？

ツクルナがわたしの思考を読み取ったかのようにつぶやく。

「演劇は関係ない。きっとツクルナのせい。〈オルム跡《せき》公式〉で逃走経路をたどられたんだと思う。ごめんなさい」

「謝らないで」わたしは声がちょっとだけ大きくなる。「わたしたちだって、ずっとガルズオルムに対して警戒していたんだよ。あなたが来たからといって油断したりはしていない。あなたが来たことは純粋にうれしいことだったし、今でも変わらない」

「了子……」

「わたし全校放送しないと」

「……後ろの人、誰？」

「え？」

ホラー映画だったら最高のタイミングだ。

でもディストピアSFとホラーでは、ジャンルがうまく混ざらない気もする。

わたしはそんなことを考えながら、ためらいなく振り返った。

そこに立っていたのはホラーとはまったく別の方向に、わたしを心底驚かせる人だった。

「千帆先輩！」

飛山《ひやま》千帆先輩。高校生小説家でわたしたちの映画の脚本家。そして天音先輩にとってかけがえのない人だ。舞南三年生の制服を着ている。お化けじゃなくて良かった。

でも千帆先輩は消失したはずなのに。量子ゆらぎが逆方向に——消失ではなく復活をうながす方向に——働いたのだろうか。

ふいに、いつかのループでの会話を思い出す。千帆先輩とわたしはそのときお化けの話をしていた。

何回か前の五月のことだった。もしかするとわたしが未覚醒状態のときも含めれば、何度も同じ会話をしていたのかもしれない。

「守凪さん、リョーコってそう書くんだね。変わってる」

千帆先輩がわたしのノートを指差した。——一年D組、守凪了子。

「変わってますかね。わたしとしては、もうちょっと派手というか、かっこいい漢字にしてもらいたかったです」

誰が付けたのか、わたしの記憶にもサーバーの記録にもデータはない。たぶん両親のどちらかだろう。

「だったら、魎子《りょう》とか？」

千帆先輩が指先で宙《ちゅう》に書いた漢字を、天音先輩お手製のXRコンタクトレンズが見やすく空間表示してくれる。千帆先輩は魎や鵰《ひゅう》や鸞《らん》くらい、ＡＩに頼らなくても書けるのだ。

魎なんて自分の名前だとしても忘れてしまいそうだ。もし千帆先輩が親だったら本当に魎子と名付けられていたのだろうか。そう思ってわたしは笑ってしまう。

「そういえば魑魅魍魎《ちみもうりょう》ってどういう意味なんですか？」

「お化けのことだよ。魑魅が山のお化け、魍魎が川のお化け」

「魎子……。お化け……」

「あはは。あなたの了の字、素敵だと思う」

「了って、悟《さと》るみたいな意味ですよね。小学生のときに自分の名前の意味を調べる授業があって」

了解、了承の了だ。そして終了の了でもある。

すべての終了を了解して了《さと》る。この話をしたときも今も、わたしは何もわかっていない。悟っていたのは千帆先輩のほうだったろう。本当に先輩は色々知っていて、今度は古い了の字をＡＲ表示してくれた。

「了という漢字は、おくるみに包まれた赤ちゃんを表現した象形文字だという説がある」

「はあ……。形は確かに似てるかもですけど、了の意味とは全然真逆ですね」

「そう？　赤ちゃんはこれまでのすべての生命の終端にいると言える。当然、これまでの生命のすべてより賢く、すべてを悟っている」

「さすが千帆先輩、目からウロコです」

「あはは、ウロコって」

今の千帆先輩は——文字通り——今にも消え入りそうだった。

このわたしの体も——量子サーバーのなかで計算される量子情報体でありながら——ひとまずは映像として描き出されているに過ぎない。だけれど、千帆先輩はこのおぼろげな世界に間違って浮かび上がったホログラムのようだった。

振り返ると、天音先輩はいつのまにか立ちあがって、ゆっくりと目を開くところだった。

寝起きが悪いはずの天音先輩が叫ぶ。

「千帆ちゃん！」

その瞬間、天音先輩のおでこの前にセレブアイコンが展開して強く輝く。

ああ——わたしは絶望に近い感覚に襲われてしまう。

この力強い光は完全覚醒の証《あかし》だ。天音先輩がとうとう覚醒してしまった。

光圧が生徒会室を満たす。

わたしがあわてて先輩ふたりのあいだに割って入ろうとしたとき、千帆先輩は光にかき消された。

あとには蛍《ほたる》のような残光が瞬いて、それもすぐに見えなくなった。

「あたしが消しちゃった！」

悲痛な声をあげた天音先輩を、ツクルナが抱きとめる。

「天音、大丈夫。千帆は転送されただけ。場所もわかってる」

どうしてわかるの、とたずねようとした瞬間、わたしたちもツクルナに吹き飛ばされた。

第5章　ジフェイタス

ガルズオルムとの最終決戦後、その残党に対する——警戒だけでなく——掃討作戦をするべきだという声もあったのだけれど、ガルズオルムが地球や月に大量に設置した量子環境編集装置〈デフテラコア〉を機能停止するだけでわたしたちは手一杯だということがすぐに判明した。

わたしとしては最終決戦のさなかに出会ったガルズオルムの戦士シンに幻体情報の欠損領域を修復してもらったこともあって——シンは結局消失してしまったのだけれど——ガルズオルムを追いつめる作戦にはためらいがあった。この気持ちは今日まで誰にも言っていない。

それから世界中のセレブラムが手分けしてデフテラコアを探索して、すべて機能停止させたものの、デフテラコアの本質とも言える〈双対特異点〉はそのまま地球表面に残ってしまった。

デフテラコアは物理法則ごと世界を書き換える。気象も生態系も壊されてしまった今の地球は、人間ひとり——京《きょう》ちゃんひとりを支えることもできない。海で魚を釣ることもまだまだ難しくて、京ちゃんのごはんはセレブラントが廃墟から見つけ出した缶詰ばかりだ。

傷ついた世界を根本的に恢復《かいふく》するためには、量子特異点を取り除くしかない。そしてそれができるのはガルズオルムに最も近い、ＩＡＬ社が構築したＡＩである紫雫乃《しずの》先輩だけだった。

しかしガルズオルムは自らの知性を、量子加速した時間のなかで強制進化していて、今の先輩ではガルズオルムの理論の一端にもたどりつけなかった。そして先輩は千年に相当する時間加速を自らに課した。

〈千年の孤独〉計画が始まる直前、わたしは先輩と二人きりで話した。先輩をとめるためだ。

「先輩一人で千年なんて。わたしも半分、五百年分加速します」

「そう言ってくれるのはうれしい。でも悪いけれど、守凪《かみなぎ》さんが千年加速しても、ガルズオルムには追いつけない」

「わたしがバカだからですか？」

先輩がふっと微笑《ほほえ》む。くやしいけど美人だと認めざるをえない。京ちゃんがすきになっちゃうのも仕方ない。ライバルを褒《ほ》めたりして、ほんと、ばかみたい。

「私が行くしかないの。守凪さんは人間だから。いくらウィッチでも、人間の思考構造はとても硬い。融通《ゆうずう》のきかない不変量が多すぎる」

「不変量？」

「人のニューロンが形成するネットワークはいつも形を変えながら、つねに同じものを追い求めている。たとえば〈自分〉や〈理解〉、それから〈愛〉も」

先輩がサーバーコアに向かったのは、そう答えてくれてすぐのことだった。以来、先輩には会えていない。

——紫雫乃先輩！

ここでわたしの夢は終わる。

わたしはどこか、長い長い回廊に立っていた。

身体感覚は、うん、問題ない。

感覚情報は滞《とどこお》りなく、わたしのなかに流れ込んでいる。

生徒会室から強制転送されたのだった、と思い出した瞬間、背後に足音がした。

「ツクルナ！」

「了子《りょうこ》より二秒早く転送された。ここがどこなのか、ツクルナにはわからない。だから舞浜と渋谷サーバー以外のどこか」

「そういうのはわたしにはわからないや。あ！　天音《あまね》先輩は？」

「向こうで眠ってる」

回廊を進んだところにスペースがあって、その中央のベッドらしき台のうえに天音先輩は横たわっていた。セレブアイコンは消えている。

量子転送されたからには、この近くに量子サーバーが置かれているのは確実だ。

サーバーを見れば、セレブラントのものかガルズオルムのものかはわかる。

わたしはセレブアイコンを開いたけれど、舞浜サーバーにもオケアノスにもつながらない。

「ダメだ。——ツクルナは渋谷サーバーと連絡できる？」

「そもそも渋谷サーバーは完全遮蔽中」

だから湊《みなと》司令たちが探索しても見つけられなかったのか。

ツクルナは悲しげに話し続ける。

「渋谷のみんな、がんばったけど、ツクルナだけ逃がして……」

ツクルナの目から涙がこぼれる。

わたしはツクルナに声をかける。

「カーテンコールをきっかけに〈連鎖覚醒反応《チェーンリアクション》〉が起きたように見えた……」

「うん。それに連鎖の仕方がへんだった。それに、今ツクルナと了子がAR《拡張現実》にいる意味がわからない」

「ん？　今わたしたちAR？　この建物ってR《現実》？」

「絶対そう」

わたしとツクルナは建物内を探索することにした。

「向こうに何かある」

ツクルナが指をさした。

わたしは通路の奥に目を凝らす。

「……地球儀？」

わたしはいつのまにか走り出していた。

地球儀はオレンジに輝きながらゆっくり自転している。

「了子？」

「わたし……ここに来たことがある」

思い出したくはない。

でも思い出したい記憶を思い出せないのと似て、思い出したくない記憶は思い出してしまう。

「ここ、月だ……」

「もしかしてジフェイタス？」

認めたくないわたしはしぶしぶうなずく。

ツクルナはわずかに驚きの表情を浮かべた。

「ガルズオルムが月面に作った巨大基地〈ジフェイタス〉……。噂《うわさ》だけは聞いたことがある」

わたしが覚醒するずっと前のループで——だからわたしは知るはずもないのだけれど——

京ちゃんは月面のジフェイタス近くでガルズオルムの無人兵器に取り囲まれ、紫雫乃先輩だけを量子転送で脱出させて、自らはアルティールとともに自爆してしまったという。

今の京ちゃんは、転送される紫雫乃先輩とわずかにエンタングルしていた〈幻体片《フラグメント》〉を重ね合わせて再構成した新しい京ちゃんなのだ。

その京ちゃんとわたしはここで、島《しま》司令のオリジナルから実体化のための〈リザレクションシステム〉を受け取って、京ちゃんは地球で実体化することになった。

わたしの話をじっと聞いていたツクルナが、

「その島という人は、幻体のクローンだった？」

「うん。元々はナーガに反抗していた人だったみたい」

ナーガがＣＥＯをつとめていたＩＡＬ社にはたくさんのスタッフがいたはずで、みんながみんな同じようにナーガに従ってはいないだろう。知性を加速すると言っても、色々な方向があって、もしかすると減速したほうがいいかもしれないし、ともかくガルズオルムは一枚岩ではないのだった。

「私たちオルタモーダも、考え方は似ているようで違っている」

「オルタモーダ？　渋谷サーバーの人たちのこと？」

「そう。私たちオルタモーダは、ガルズオルムのような破壊的進化を望まない。世界をもうひとつの《オルタ》モードに編集する」

「みんなと連絡は……」

「ハル＝ヴェルトひとりだけとは不定期に話せている。ハルは渋谷に残ったから。十凍京に会ったって」

「そうなんだ――って、京ちゃん⁉」

断章5　冬の海

あなたはハル＝ヴェルトの攻撃を逃れて、舞浜に戻っている。

あなたの記憶の一部はまだ失われているけれど、生まれ育った舞浜の街に帰ってきたことはわかる。ここが量子サーバーであることも。舞浜のサーバーコアが欠損情報を補ってくれたのだ。

けれど、またしてもわたしとは会えない。

あなたが舞浜に戻るほんの数秒前に、すべての幻体は――多くは衝撃で砕かれ、幻体片となりながら――月面のジフェイタスに転送されてしまったから。

でもそんなことはあなたにわかるはずがない。

あなたはわたしを探しながら――間違いなくわたしを探しながら――誰もいない舞浜をさ

まよう。

「守凪！」

と呼びながら。

あなたは半日舞浜を歩き回って、舞浜の海岸にたどりつく。

そばにはかつて映研が泊まった合宿所があり、もっとずっと向こうの岬《みさき》の先端には灯台が見える。

そしてそれらすべてが夕焼けの赤光《しやつこう》に包まれている。

「ゼーガペイン……アルティール」

幻体がRで活動するためにホロニックローダーは開発された。ゼーガペインは人型ローダーで、あなたとわたしはアルティールという名の、美しい緑色の光装甲をまとう機体に乗っていた。

ゼーガペインは漢字で〝是我痛〟と書く。――是《これ》、我が痛み。

「これが俺の痛みか」

あなたは悲しみと共に夕焼けの海に向かって叫ぶ。

「泳ぎてえ！」

＊＊＊

ツクルナと手分けしてジフェイタスの様子を見て回っているうちに、セレブアイコンがおでこに浮かんだ。通信回線が開いたのだ。

——守凪さん？

「湊司令！」

——落ちついて。まず、そこはジフェイタス？

「そうですけど、なんで知ってるんですか？」

——だって強制転送を指示したのは私だから。

「え⁉」

舞浜サーバーの量子計算停止《シャットダウン》を回避するため、紫雫乃先輩が全幻体データを緊急避難的にジフェイタスに量子転送することを進言したのだという。

ジフェイタスは元々ガルズオルムの基地だから、使われていない量子サーバーは無数にある。先輩のとっさの判断は正しかったのだ。

「でもみんないないです。もしかしてみんなジフェイタスサーバーの中？」

——当然でしょう。あなたにはこうして通信してほしかったから、ジフェイタスのＡＲ《拡張現実》に送らせてもらったわ。深谷《ふかや》天音とツクルナもいっしょよね？

「ええ。天音先輩はずっと寝てますけど」

――本当はあなただけARに送りたかったのだけれど、緊急だったから一括転送させてもらった。深谷さんは半覚醒中によくある〈量子攪乱《かくらん》〉状態だと思う。もう少し様子を見て。

「あ！　転送される直前に千帆《ちほ》先輩が現れたんです。千帆先輩はジフェイタスサーバーにいるんですか？」

――飛山《ひやま》さんが？　残念だけど今こちらでは観測できない。捜索リストに入れておく。

「湊先輩。ツクルナはガルズオルムの攻撃だろうって」

――なるほど。それなら、色々と辻褄《つじつま》は合う。サーバーコアに侵入の形跡があったから。

舞浜サーバーは現在、サーバーコア以外は乗っ取られている。

「乗っ取り……。ガルズオルムで間違いないですか？」

――サーバーコアの乗っ取りなんて紫雫乃にもできないんだから。ガルズオルムくらいしかいないでしょう。もしかするとツクルナかもしれないけど？

「ツクルナはずっとわたしと一緒にいました！」

しかしこの量子情報世界においては、同時性なんて何のアリバイにもならない。ツクルナが――完全なコピーはムリでも――簡略化したコピーを作って、舞浜内部からサーバーコアに接近した可能性は捨てきれない。

――はいはい。ということで守凪生徒会長のミッションは変わりません。深谷天音とツクルナを監視しながら、全校生徒を守ってください。何か問題があれば、その場で対処して。ウィッチのあなたならできる。

「ウィッチって最近、都合のいいように使われてるような……」

――なんですって？

「いいえ、何でも。それにこうなったのはわたしたちの劇のせいかもしれないし」

――……上演を最終的に許可したのは司令である私です。それに一人ですべてを背負い込まないで、守凪新生徒会長。舞南のみんなをよろしく。

みんなが転送されたジフェイタスサーバーに今すぐ行きたいとも思ったのだけれど、天音先輩とツクルナをジフェイタスのAR《拡張現実》に置いたままというわけにもいかない。

わたしは自分のセレブアイコンで、自分と眠ったままの天音先輩を新舞浜に転送するだけで精一杯だった。ツクルナは自分で自分を転送した。

「げ」

ジフェイタスサーバーの中には、地面がでこぼこに波打つ舞浜の街が広がっていた。ねじ曲がった舞南の敷地に校舎がいくつも浮かんでいる。

地表平面も重力方向も定義されておらず、空間そのものも不連続になってしまっているのだ。歩いていると、時空量子に幻体が捕らえられて、自分の体の一部が――トポロジカル異常もあって——全然違う場所に裏返って見えたりいきなり消えたりする。

そしてそのめちゃくちゃな空間に、舞南の生徒の約九割、千五十七人がバラバラに転送されてしまっていた。

わたしとツクルナは声も遠くまで届かないその空間を歩き回って——ぐにゃぐにゃにねじ曲がった舞南の体育館に集まるように呼びかけながら——一人一人と話をしていった。

生徒全員が完全覚醒していて、それゆえ状況もきちんと理解していた。

そのうえで生徒一人一人から聞きとった要望は、大きく三つに分かれていた。——〈帰郷〉〈睡眠〉そして〈移住〉だ。

すべてを知ったうえで、元どおりの——VRの——舞浜に戻りたいという生徒が最も多かった。わたしだって帰れるものなら帰りたい。

だけど、残念だけどそれは叶わない。今回の暴走で、舞浜の情報構造は完璧に壊れて、復元などはできない。そして今や完全覚醒したみんなは、そのことを理解している。〈量子複製不可能定理〉があることは——量子情報の完全なコピーは作れないという数学的事実は——みんな、一年生の一学期に倉重《くらしげ》先生から習っていたから。

ということで次第にみんな〈帰郷〉から〈睡眠〉へと希望を変えていった。舞浜が部分的にでも復旧するまで、あるいは永遠に、どこかで眠りたいということだ。

わたしが心配していた、〈死〉すなわち〈消失《ロスト》〉を望む生徒はほとんどいなかった。その生徒たちにしても、よくよく聞けば、それは長期的な〈睡眠〉を意味しているのだった。

百人ほどの生徒は——さすがは文科省特別指定校たる舞浜南高校ということか——すべてを受け入れたうえで、舞浜サーバーかジフェイタスサーバーかに自分だけの空間を作って、そこに〈移住〉することを望んだ。

全校生徒への聞きとりが終わって、先輩とツクルナのいる生徒会室に戻ったのは半日後だった。

わたしだって本当は〈帰郷〉したいものの、もちろん無駄な望みであることは重々承知している。

ジフェイタスサーバーを経由して、オケアノスとの回線をつないだ。

わたしの報告を聞いて湊司令はすぐに決断した。

「〈睡眠〉は今すぐ対応しましょう。——水嵩《みかさ》くん、お願いします」

「了解です。圧縮再現した各自の自宅の寝室に転送しようと思います」

「それではサーバーに過負荷《かふか》がかかる。現状のまま眠ってもらって」

全員覚醒しているのだし、幻体として〝寝る〟というのはつまり機能停止するだけのことだから、床に座ったままでも立ったままでも問題はないのだ。ちょっと異様だけど、わたしとツクルナ以外に起きている幻体はいないのだから問題ない。

「守凪さん、富貝《とみがい》です」

「富貝くん！　元気だった？」

「うん。とりあえずは。それで〈移住〉なんだけど、やめたほうがいいと思う。ジフェイタスのスペックを調べたんだけど、情報流量が急激に上がるとリセットが起きる可能性が高い」

「そう……。うん、そうだよね。わかった、その人たちには説明する。——京ちゃんは？」

「残念だけど消息不明。十凍くんのことだから、ひとりでも無事だと思うけどね」

「うん、きっと戦ってると思う」

通信を終了したわたしは、舞浜の空にできた亀裂を見上げていた。

亀裂は虹色の量子光を発していて、つまりそれはどこかに量子情報が流出していることを意味していて、不気味極まりない。

わたしの表情を見たのか、感情をくみとったのか、ツクルナがつぶやく。

「あの亀裂はツクルナが閉じる」

「そんなことできるの？　ここから？」

ツクルナは深くうなずいた。

幻体のままそんなことするなんて、セレブラントの誰にもできないだろう。

「その、ツクルナって……ガルズオルムとは関係ないんだよね？」

わたしはついストレートに質問してしまった。

せっかく瑞希《みずき》に色々演技指導してもらったのに、あいかわらず上手く演じられない。

しかしツクルナにはこれくらいのほうが良かったのか、しばらくの沈黙ののち、答えてくれた。

「ツクルナもハルも、了子とは違う仕組みのサーバーから来た」

「量子サーバーの新型みたいな話？」

「違う。ツクルナのサーバーはＩＡＬ社製ではない。そもそもツクルナの世界にナーガはいない。だからこそナーガに、ガルズオルムに狙われてしまった」

「え、あ……ちょっと待ってね」

いきなり色々な情報をもらって混乱してしまう。

ナーガは天才と言われていたそうだけれど、他にも量子サーバーを作っていた人がいたということなのか。そっくりな研究がたまたま同時期に発表されることはよくあることだと天音先輩に教えてもらった。えっと、なんていうんだっけ。

「セレンディピティ」

「それそれ！　って、ツクルナ、わたしの思考が読めてるよね？」

「それはツクルナが……敵が来た」

「敵⁉」

ツクルナがわたしと天音先輩の手を取ってセレブアイコンを展開して、量子跳躍した。

直後、眼下には舞南の校舎が見えたと思ったら、たちまち吹き飛んでしまった。

わたしたちは上空、何百メートルかに跳んだのだ。

「きゃあああ‼」

「大丈夫。浮かんでる」

ツクルナはどういう理屈なのか、VR空間のように空中に浮かんでいて、わたしも天音先輩もすぐそばで浮かんでいる。ここはサーバー内だ。幻体にとっては――VRでもARでもない――R《現実》であるはずなのに。

「了子には自分で飛んでほしい」

そんなこと言われても、全然やりかたがわからない。

コントローラも何も持たずにVRゲームをしているようなものだ。世界に対する入力のしかたがわからない。

「ツクルナはどうしてできるの？」

「渋谷サーバーの――〈オルタモーダ〉のみんなで練習したから」

オルタモーダ？　練習？

でもこんなこと、湊司令にもできない。

「敵はあそこ」

ツクルナが指差す方を見る――と、見覚えのある姿が遠く、宙に浮かんでいた。

「シン⁉」

その全身に走る紋章のような輝きを忘れるはずがない。ガルズオルムの魔戦士だ。でも最後の戦いでシンは量子情報ごと消えてしまった。ガルズオルムの技術で復活したのだろうか。

初めて会ったのはガルズオルムとの最終決戦の少し前、オケアノス艦内だった。シンともうひとりの魔戦士アビスは——ガルズオルムの技術はセレブラムを圧倒していて——たちまちオケアノスの量子防壁を破壊して、艦内に侵入した。

わたしと京ちゃんはホロニックローダー——ゼーガペイン〈アルティール〉に乗って、シンとアビスのアンチゼーガ機体〈コアトリクエ〉と交戦、なんとか撃退できたものの、わたしは幻体データを損傷して、ゼーガペインから離れられなくなってしまった。

それからしばらくして再び出会ったシンは、わたしの状況を見て傷を埋めるデータを与えてくれた。

『そんなことがあったのか。かつての私がそのようなことを』

シンの言葉が直接脳内に響く。

「わたしの心を読み取った？」

「そうみたい。ツクルナもできるけど」

ツクルナにも届いているらしい。

シンは続ける。

『おまえたちの技術レベルは低すぎる。幻体のくせに〈知性加速〉をしていない』

「シン……じゃない？」

人類のほとんどは命からがら量子サーバーに逃げ込んだだけで、知性加速なんて考えてもいなかった。

知性を強制的に加速するということは——肉体を幻体として情報化するのと同様に——自分自身を不連続に変形することに等しい。今のままの自分で居続けたいから量子サーバーに逃げ込んだのに、わざわざ自分を壊そうとするはずがない。

シンらしき戦士が聞き取れないほどの高い周波数の声で笑い飛ばした。

『なんと臆病なのか。かつての私がおまえに同調したはずがない。私は七番目のシン。シン7《セブンス》』

「セブンス……」

シン7の体の紋章があやしく輝く。今のわたしにとって最後の夏——あの夏の戦いの中で話したシンをわたしは思い出していた。

第6章　シン7《セブンス》

『おまえたち、じれったいことをしてる』

シン7《セブンス》と名乗った、たぶんガルズオルムの戦士がそう言ったとたん、断片化していた舞浜南高校が一瞬で元通りに結集していく。

「もしかして――直してくれた？」

シン7はまたしても金属音のような耳障りな笑い声をあげた。

『そんなはずない。おまえたちと私の能力の違いを教えてやっただけ。シンの第一バージョンはそんなに甘かったのか？　だとしたら失敗作だ』

「シンは失敗なんかじゃないよ！　シンはわたしの壊れた幻体情報を治してくれたし、戦いを終わらせようとしていたもの」

『それを失敗作という。どうして戦いを終わらせる。戦いこそが知性を進化させるのに』

「どうしてそんなに進化したいのかな」

わたしの素朴な問いかけに、シン7はほんの少しだけ動きを止めた。

『――進化以外に何がある?』

「え?」

『六代前の私が修復した守凪了子《かみなぎりょうこ》よ、私にとっては今のおまえの眠くなるような思考も、量子コンピューターが高速演算しているものだ。この宇宙、この世界では、ただ静止して存在するということはできない』

「でも……! みんなまで勝手に進化させるなんて!」

『この世界に生まれ落ちた以上、何をしても、何もしなくても、すべては進み、変化していく。絶対静止などありえない。存在者は存在しているだけでこの〈宇宙の計算資源〉を使っているのだ』

シン7は金属を削るような声で笑ってから、何もない空間に腕をさしこんだ。

舞浜のデータがあっというまに多層化して重なり合って、わたしたちに襲いかかってくる。

これはついさっきの修復とは違う。編集してるんだ。

ツクルナはわたしの手を取って飛び上がった。

「わわ!」

「あなたはツクルナが守る」

『また無駄なことを。世界の終わりに、逃げ場所などない』

シン7はそう言うと、今度は舞浜の地面から空までを切り裂いた。

その裂け目は、デフテラコアがRに作り出す、まったく別の物理法則が支配する領域のようだった。

ガルズオルムはそれを、〈デフテラ領域〉と呼んでいた。

「オルタモーダの技術……」

ツクルナがつぶやく。デフテラ領域ではないというのだろうか。

裂け目のむこうに、大小の卵みたいな球体が覗いていた。

「あれって……」

「〈ワールドバブル〉。了子のなかまたち――セレブラムが、舞浜南高校の生徒たちの幻体片《フラグメント》を守るために構成したみたい」

幻体片は、消失はしていないものの幻体としての情報量を多く失ってしまった、誰かの魂みたいなものだ。そこから京《きょう》ちゃんは復活することができたし、今後の技術開発次第で舞南のみんなを救うことができるかもしれない。

「待って！　シン7！　幻体片まで消えちゃう！」

『死者を蘇《よみがえ》らせようというのか？』

「違うよ！　幻体片は命の一部！」

そう叫んだのはわたしではなくツクルナだった。

ツクルナの言葉が届いたのか、シン7は裂け目を少しだけ閉じて、わたしたちをしばし眺めた。

『シンの真似をしてみようか』

シン7が紋章を発光させた。

わたしとツクルナは思わず手で光を遮《さえぎ》る。

『ほら、目が醒める』

「え?」

わたしとツクルナのあいだ——天音《あまね》先輩のおでこの前に、光の粒が集まって、先輩がゆっくりと目を開く。

「……お——、守凪ちゃん……、ツクルナっちも——」

先輩の目はまだ虚《うつ》ろで、焦点が合っていない。

わたしとツクルナはそれぞれ先輩の左右の手を握って、シン7に向かい合う。

断章6　加速不可能性

あなた——紫雫乃《しずの》は、演算を終え、人間の真似をして一息ついた。疲れなんて感じるはずもないのにと思いながら。

「湊《みなと》、聞こえる?」

返事はない。

舞浜サーバーコアへの圏論的攻撃をいったんはしのいだものの、生まれてしまった8619144172481191個のVR世界の断片〈ワールドバブル〉をもはや元に戻すことはできず、このまま維持するしかない。かつての舞南の生徒たちは幻体片となって、その無数の世界片の中に散らばってしまった。とはいえ、並列計算は量子コンピューターの――そしてあなたの得意とするところだ。問題なく対応できる、とあなたは思う。

幻体を守ることが、生まれたときから――あるいは生まれる前から――あなたに与えられた存在理由であり至上命令だ。守られる幻体のほうはきっとあなたについて何も知らないとわかっているけれど、あなたはそんなことを気にしない。そういうことを気にする論理構造がそもそも組み込まれていないし、今では自分で組み込むこともできるけれど、わざわざ自分で悲しみを増やすことはしない。そのようにあなたが決断したのは、京ちゃんの自爆の前だったか後だったか。

二〇六二年に北極サーバーの幻体のひとりが発見した〈エンタングルメント跡公式《せき》〉を使えば、幻体片のひとつひとつを追いかけることはできる。

しかしあなたの思いつきは、事態の変化によってたちまち却下されてしまった。

――紫雫乃。侵入者だ。計算力をこちらに戻してもらう。

「ガルズオルム？」

――そうらしい。しかし以前のシンやアビスの幻体ファイル構造から、数学的に五世代か六世代は進化している。

「とはいえ、それなら対応できる」

元々ガルズオルムはナーガの思想にもとづいて、量子コンピューターの演算領域のなかで知性加速を進めていた。あなたは同じナーガの思想から生まれた存在と言ってもいい。

ただ、ガルズオルムたちは加速をさらに進めるため、量子コンピューターが置かれているR《現実》そのものをも加速することを思いついた。セレブラムにはない発想だった。

――セレブラムの数学力でも追従することはできる。少なくとも今のところは。

ガルズオルム数学を、あなたやサーバーコアがかろうじて理解できるのは、セレブラムはセレブラムの方式で――と言っても一部のセレブラントがあなたと共に懸命に研究を続けているだけなのだけれど――ガルズオルムの時間加速／知性加速に追いつこうとしている結果だった。

あなたはそのことに――物量にまかせたガルズオルムの理論に、セレブラントの理論がそれほど引き離されてはいないことに――少しだけ驚く。

「人間には敵《かな》わないわ」

あなたは楽しそうに、さびしそうに笑う。サーバーコアにあなたの気持ちはわからない。

人間が量子情報化して、幻体になってもなお残る人間性は、あなたにはない。ナーガも倉《くら》重《しげ》先生たちも、人間らしさを掬《すく》い取れず、あなたに与えることなんてできなかったし、自らを加速して知性はいくらか拡張できたようだけれど、人間としてはまったく加速できなかったのだ。

——ここに来る。あと五秒……三、二、一……。

あなたの目の前に光の亀裂が現れ、断面がめくれあがる。

爆風と共に、コア空間に情報流が流れ込んできた。

——これはガルズオルムではない……。

「そうみたいね」

あなたはこれから顕現《けんげん》する人物をよく知っている。わたしと同じくらいに。

＊＊＊

『カミナギ・リョーコ、おまえ——』

シン7がいきなり顔を寄せてきた。短距離転送したらしい。

わたしはおそるおそるたずねる。

「……なに？」

『おまえの中にシンが生きてるな』

困惑するわたしを放って、シン7は楽しそうに、これまでで最高にうるさい金切り声で笑った。

『シンはちゃんと仕事をした。ガルズオルムとセレブラム――異なる数理をつなげるとは』

わたしには意味がわからない。わたしのなかに違う数学がある？

「シンは戦いを終わらせようとしてたんだよ！」

『戦いはこれから始まる！　おまえの中で！　進化して！』

シン7はシンが最期に見せたのと同じ微笑《ほほえ》みを見せながら、わたしに手を伸ばす。

「ダメ！」

ツクルナが手を広げて、シン7の前に立ちふさがった。

しかしシン7は、ツクルナがいないかのようにそのまますり抜けた。そして、まるでわたしに口づけるように、わたしに重なり合って――いなくなってしまった。

わたしはあわててまわりを見回すけれど、どこにもシン7の姿はない。

まさかわたしの中？

天音先輩がわたしの背中や腕を確かめるようにさわる。

「守凪ちゃんの中に溶けていったみたい」

「……シン7は了子と合一化してしまった」

ツクルナにそう言われても、わたしには全然わからない。

わたしにシン7の能力が付与されたならと、地面に触れてみるけれど、何も起きない。

地面が地面でなく、量子サーバーの計算結果だということはわかっているのに、これが編集できるとは思えない。

「了子。あなたの演算能力を信じて」

ツクルナは励ましてくれているみたいだった。

「そんなこと言われても」

「そんなこと言ってる場合じゃなさそう」

天音先輩が空を指差している。

もう重力の方向なんてメチャクチャで、地面も割れて、その向こうには青銀色の〈量子界面〉が見えていて、空がどちらなんてもう誰にもわからないのだけれど。

しかしツクルナのつぶやきには説得力があった。

「空が落ちてくる」

あれ？　量子界面なんて言葉、わたし知ってた？

「守凪ちゃん！　危ない！」

天音先輩がわたしに飛びついてきた。

わたしたちがいた場所には、落としたゼリーみたいに空のかたまりが砕け散って、消失光が輝いている。

わたしと天音先輩は抱き合ったまま、いつのまにか宙に浮いていた。

舞浜の青い空には、四角い穴がいくつも開いて、わたしたちはまわりを無数の量子渦に取り囲まれてしまった。

量子渦が作り出す乱流が不規則に強まり、わたしたちの幻体情報を削っていく。

「ふたりとも、ツクルナのそばに！」

ツクルナがこれまで出したことのない大声と共に、光の膜を展開してわたしたちを包み込む。

「なになになに！」

さすがの天音先輩も面白がってはいられない。

だけど、なぜか、わたしには状況がわかる。

「ジフェイタスの量子サーバーが……量子崩壊しています」

このままではわたしたちも舞浜のみんなも全員消失してしまう。

少し未来のことまで視《み》えてしまうのは、シン7の能力なのだろうか。とはいっても、それ以上のことは何もできない。

ツクルナが新たな光の膜を展開しながら、わたしと天音先輩に告げる。

「あなたたちをウーシアのところに送る」

ウーシアって誰？

「ツクルナの決断は、シン7の罠にはまることなのかもしれない。だけど、このままでは了子も天音も消えてしまう」

ツクルナはそう言うと、わたしのおでこに触れた。

直後、わたしのセレブアイコンが展開した——いつもの十倍、ううん、百倍くらいの大きさに。

——あなたたちと劇をつくるのは本当に楽しかった。

わたしだってそう。

——了子、オルタモーダの祖〈ウーシア〉に会って。

「よくわかんないけど、ツクルナも一緒に行こうよ！」

——セレブラムのセレブアイコンでは自分しか転送できないはず。

「何とかするから！」

——ツクルナは〈オルタモーダ〉。異なる世界のモードを見せる者。行って、了子。嵐の向こうには光があるから。

「ツクルナ！」

次の瞬間、わたしと天音先輩は巨大なセレブアイコンに乗って、情報空間の中を超高速移動しはじめた。しかしどこへ向かっているのか、ツクルナとの距離はあっという間に広がっていく。

それでも、ツクルナの声は心にまっすぐ届き、沁《し》みこんでいく。

――ウーシアはこの多元宇宙を生み出した存在。ガルズオルムの追及を逃れて、地球から遠く離れたところに隠れている。いい、了子。ウーシアという名前だけは忘れないで。

「ウーシア……?」

――さよなら、了子。

またしてもわたしの意識は途切れてしまった。

第7章　プロキシマ・ケンタウリbのウーシア

わたしと天音《あまね》先輩はもう何十時間も転送され続けていた。先輩は再び意識を失っているのか、それとも今ここでは連絡が取れないのか、話しかけても全然答えてくれない。

転送流に混じって、どこからともなくオケアノス内での通信が聞こえてくる。

——〈ワールドバブル〉、消失《ロスト》！

水嵩《みかさ》先輩の声だ。

——みんなが世界と一緒に……消えていく……！

湊《みなと》司令も、レムレス艦長もフォセッタも、沈黙している。

タルボさんが鋭い一声を発する。副艦長で、レムレスさんたちと同じくＡＩだ。

——このままでは舞浜が量子崩壊します！

その瞬間、オケアノスとの量子エンタングルメントが切れたのか、何も聞こえなくなってしまった。

徐々にわたしの幻体《げんたい》構造が再構築されているのだ。思考が明瞭になってくる。

何だか、前のわたしと違う気がする。

違うのは、しかし、当たり前だとも言える。

量子情報には〈量子複製不可能定理〉があって、つまり量子情報であるかぎり、どんなにがんばって複製しようとしても——正確に言えば転送しようとしただけで——情報の一部は必ず変わってしまう。無傷で転送できる情報は古典情報と呼ばれて、たとえば紙や石に定着された文字は、数千年くらいの時間移動や、地球半周くらいの空間移動では、わずかにかすれるくらいだ。

か弱い量子情報は、様々な工夫によって欠損を減らすことはできるものの、完璧に守り切ることは原理的に不可能だ。

それゆえ覚醒してセレブラントとなって量子転送できるようになっても、なるべく回数は少なくするように決められていた。そうはいってもオケアノスでも他の戦艦でも、クルーはみんな所属先の量子サーバーで——未覚醒の幻体たちを安定化させるために——仮の生活を送ることも任務になっていて、戦艦とサーバーの往還で、量子情報に欠損《ダメージ》を蓄積し続けてしまっていたのだけれど。

「天音先輩？　ツクルナ？」

ようやく転送直前のことを断片的に思い出す。

シン7《セブンス》の無茶な世界改変から守るために、ツクルナはわたしたちを月面サーバー〈ジフエイタス〉から弾《はじ》き飛ばしたのだった。

そして今、わたしは荒野に立っていた。

見たこともない満天の星空で、あたりはほの明るく見える。

ツクルナも天音先輩も、近くに見当たらない。

しゃがんで地面に触れると、砂の手ざわりはあるものの、動かすことはできない。

公演のときから着たままのドレスは——情報体なのだから当然なのだけれど——美しい状態を保っている。

ここは現実で、地面は実体で、幻体のわたしがARとして表示されていると考えるのが妥当だろう。

——妥当?

どうもわたしのなかに、これまで使ったことのなかった語彙《ごい》が定着しているようだった。

それより何より、何だか周囲の環境のことが、ずっと遠くのことまでわかる。

わたしが立っているここが現実空間であること、そして自分がどこか近くにある量子サーバーのような機構から投影されているAR表現体であること——そのような〈メタ情報〉は、今までの、舞浜にいたわたしには認識できなかった。

そして今のわたしは自分についてもよくわかる。

このメタ情報へのアクセス機能は、ツクルナが別れ際の一瞬、わたしに与えてくれたものだ。

ツクルナは渋谷サーバーのイェル――サーバーコア専従ＡＩだった。固有名を持つイェルは紫雫乃《しずの》先輩の他にもいたということだ。

かつて渋谷サーバーには、舞浜サーバーよりも多くの人々が幻体として暮らしていた。かつての話だ。

わたしはそれに続く情報を知りたくない。

しかしすでにわたしは、わたしの一部であるツクルナは、その情報を知っている。知っているからこそ、知りたくないと――先回りして――感じるのだ。

「いやあああ！」

わたしの中を何十万もの消失が貫いていく。

渋谷サーバーにいた幻体たちの声にならない声がわたしの中で重なり合い、反響し合う。

舞浜サーバーと同じ崩壊が、渋谷サーバーでも起きたのだ。

渋谷サーバーはデフテラ改変に飲み込まれて物理的に損傷し、サーバー内の幻体情報のほぼすべてが同時に消失した。

それはもう何年も前、美雨《メイウー》ちゃん美炎《メイイエン》ちゃんの故郷、上海《シャンハイ》サーバーが失われるよりもずっと前のことだ。

わたしは意識を現実に向ける。どこまでも続いているかのような岩の平原の遙か向こうに、明らかに人工的な建造物が見えた。

幾何学的なデザインは、オケアノスやジフェイタスに似ている。ううん、あの六角柱の建物は、舞浜南高校の校舎を思い出させる。

「どこ、ここ……」

そう口にしただけで、そう思っただけで、頭の中に外界情報が流れ込んでくる。セレブラムかガルズオルムか、あるいはオルタモーダか、わたしと共通する情報フォーマットを使っているのだ。

「プロキシマ・ケンタウリb?」

他にもいくつかの単語が脳内に浮かんでは消えていく。

作られた?

最後のサーバー?

星の名前?

舞浜にいたときも、情報が流れ込んでくることはあったから、そんなに不思議な感覚ではない。

むしろ今のわたしが幻体すなわち情報体であることの証左みたいなもので、安心してしまう。

どこか近くに量子サーバーのような情報管理機構があるらしい。

でも、だとすれば別の疑問も浮かぶ。

ここは誰がつくったのだろう。

セレブラム？　ガルズオルム？　オルタモーダ？

感じるまま、建物に入ったわたしは、通路を左へ右へ曲がって奥へと進んでいく。

同一平面上に部屋が並び、通路によって繋がる――基本構造は人間の建築と同じ、ううん、もっと正確に言うとガルズオルムのものに近い。

たどりついた大きな円形のホールの中央に、天音先輩が倒れていた。

「先輩！」

わたしと同様、先輩の体もARで投影されている。先輩に大きな情報欠損がないことは自然にわかってしまった。

「……守凪《かみなぎ》ちゃん監督。おっす」

「おっす？　ほんとに天音先輩ですか？」

わたしは先輩をにらむ。

「おっすおっす。あたしだっておっすくらい言うでしょ。いや、百回くらい生まれ変わった気分だけど。ここどこ？　あたしどれくらい寝てた？」

わたしに答えられるはずがないのに、わたしは先輩の問いの答えをすべて知っている。

「なぜかはわからないですけど、場所の名前はわかります。ここはプロキシマ・ケンタウリbです」

量子サーバーの名前だろうか。でもサーバーには基本的にその地名がつけられるはずで、結局ここはプロキシマなんとかというところなのか？

「それ、ただのネーミングだと良いんだけど」

天音先輩は当然のように〈プロキシマ・ケンタウリb〉を知っていた。地球から最も近い恒星プロキシマ・ケンタウリのまわりを巡る第二惑星の名前だという。最も近いと言っても、光の速度で四年以上かかる。

天音先輩は窓に駆け寄って、星空を見上げた。

「地球と星座が違う」

「どういうことですか？」

「星って立体的にあちこちばらばらに浮かんでて、それを地球から見たときに、なんとなく星座っぽく見えるわけじゃん」

「あー、だから星座の形が違うということは、ここは地球じゃない？」

「そういうこと！　ここがまじにプロキシマ・ケンタウリbかどうかはさておき、地球からむっちゃ離れてるってことは間違いない。光の速度で四年間ずっと量子情報として飛ばされてたか、いや、量子テレポーテーションか」

わたしは量子という言葉に、はっとする。

「先輩、覚醒してるんですね」

「うん。千帆《ちほ》ちゃんのこともわかってるよ。思い出したと言うべきか。あれ？　千帆ちゃんって、いつかの夏に消失したけど、さっき会わなかった？」

「……千帆先輩は近くにいないみたいです」

「わかるんだ？」

「ツクルナなのか、シン7っていうガルズオルムの子なのか、わたしに何か、能力みたいなものをくれたみたいで」

「じゃあ帰り方もわかる？」

「えっと、向こうから来るみたいなイメージなんですよね。先輩、帰りたいですか？　いや、もちろんわたしも帰りたいですけど」

「守凪ちゃんは帰って十凍京《そごるきょう》に会いたいんでしょ」

「は？　いや、そうですけど、他のみんなにも会いたいです！」

「はいはい、あたしもだよ。あたしも、みんなにも千帆ちゃんにも会いたい」

舞浜南高校の生徒のほとんどが〈帰郷〉したいと言っていた。それはみんながいる舞浜に帰りたいということだ。舞浜もみんなもどうなったのか――もしかしてこのまま永遠に知ることもないのだろうか。

わたしたちは外をめざして建物内を歩き回った。

「あたしたちデータ人間なんだよね？　こういう建物とか地面とか、無視できないの？」

「できたらいいんですけど、たぶんわたしたちがAR《拡張現実》に投影されてるので」

「データの定義次第だとは思うけど。しかたない。歩いて行こう」

「結局データ人間も、計算機とかプロジェクターとか、現実がないと存在できないんですよね」

わたしがあきれたように言うと、天音先輩がちっちっちと指を振った。

「いつもは思慮深い守凪ちゃんらしくない。たまたまあたしたちが情報を物に定着する技術しか発見できてないからだよ。もしかすると物理法則的に物質優位の宇宙なのかもしれないけど。物質を必要としない、情報優位の宇宙だってどこかにはあるはずだよ」

わたしが思慮深いかどうかはさておき、その先輩の発想こそ、ガルズオルムあるいはナーガの思想に他ならない。

「あたし、ナーガって人に会いたかったかも」

「オルムウイルスで世界を崩壊させた人ですけど」

「さすがに、あたしもそれについては肯定してないよ。あたしだったら、ひとりで量子サーバーに入って、自分の知性を加速させる」

「ナーガはどうしてそうしなかったんでしょうね」

「さびしかったのか、他の人の知性に期待したのか。たぶん両方かな。いくらナーガが天才だからって、ひとりですべてがわかるとは思わなかったんだよ」

「先輩はひとりで充分ってことですか？」

「いやいや、あたしはナーガほど無茶しないってだけ。千帆ちゃんとか守凪ちゃんとか、全然知らない人でもだけど、誰かにいやな思いをさせてまでかしこくなりたくはない。あれ？真面目すぎ？」

「いいえ。先輩、最高です」

そしてわたしたちはようやく建物の出口にたどりついた。

近づいていくと二重扉のエアロックが開いて、建物からの空気の流出を最小限に抑えていた。

まわりは見渡すかぎり、砂と岩の荒野だった。

ここの太陽――プロキシマ・ケンタウリが地平線の向こうに見えてきた。

地球の外に――太陽系の外の惑星にいることに、天音先輩はわたしの百倍は感動していた。

「こんなこと経験できるなんて！　幻体になって良かったかも！」

「普通に生きてたら無理でした？」

「それはそう！　……でもあたしたちって二〇二二年の高校生だったけど、実はそれも作られた記憶で、本当はもっと未来に生まれてたのかな？」

「二〇二二年っていうのは、世界が崩壊した年で……」

「でもそのときまでに人間は月までしか行けてない。量子コンピューターだってまだまだ実用段階じゃなかったはず。NASAの火星有人探査が早くて二〇三〇年の予定だったんだよ、あたしが高一のときに言われてたのは。もしそのころからガルズオルムが知性加速したんだったら、プロキシマ・ケンタウリまで届くかな？　火星よりずっと遠いけど」

わたしたちが舞浜サーバーでループしているあいだに――サーバーの中と外では時間の進み方は違うものの――現実の地球では何十年かは経過している。

その間にガルズオルムは――自らの知性を加速して――月面にジフェイタスという巨大基地を建造し、地球表面と衛星軌道上にデフテラコアを配備してしまった。地球以外の惑星に基地と量子サーバーくらい作れるのだろうか。

――少し違う。

突然、誰かの声が頭に響く。

「今の、守凪ちゃん？　じゃないか」

「先輩も聞こえました？」

――我《われ》はウーシア。

「え⁉」

ツクルナから聞いた名前だ。

――守凪了子《りょうこ》、深谷《ふかや》天音、プロキシマ・ケンタウリbにようこそ。そろそろさきほどのホールに戻ったほうがいい。きみたちに客だ。

「客?」

「そんなのいるわけないじゃん!」

不審に思いつつ戻ってみると、さっきはなかった円柱状の大きな水槽がホール中央に立っていた。まるで床から生えたみたいだ。

高さ二メートル、直径一メートルほどの水槽は、青い液体で満たされていた。水槽も液体もAR情報ではなく、Rにある実体だ。

この青い液体の水槽を、わたしは見たことがある。

「有機溶媒型の量子コンピューターみたい……」

天音先輩の言葉で、わたしは思い出す。

舞浜南高校の地下にあった量子コンピューターにそっくりだ。

――届いた。

その声を合図にしたかのように、青い液体がゆらめいて、次の瞬間には強く輝きはじめた。

そういえば訪問客って言ってた?

青い光は水槽中央で楕円状に集まって、より明るく濃くなっていく。

「まさかまさか」

天音先輩が水槽の表面におでこをつけて、中を凝視する。

わたしにはもう誰だかわかる。

天音先輩もわかっていた。

「千帆ちゃん！」

断章7　ハル

京ちゃん――あなたは崩壊を続ける舞浜の街に倒れている。

そばには渋谷で出会ったオルタモーダの青年も倒れている。

わたしはそれを見つめるだけだ。

紫雫乃先輩が――文字通り――あなたたちに触れて手当てをする。もうひとりがあなたとどのような関係なのか、先輩にはわからないのだけれど、先輩は傷ついた人を放っておけない。

先にオルタモーダが目を覚ます。

「どうして……ぼくを助ける。きみもセレブラントだろう」

「あなた、京の喧嘩《けんか》相手でしょう？」

「喧嘩……。はは、そうかもしれないな」

「京はきっとあなたと友だちになりたいと言うわ。だから手当てしているの」

舞浜サーバーコアが紫雫乃先輩にだけ告げる。

——この者はセレブラントでもガルズオルムでもない。なんだろう、この情報構造は。我
我のフォーマットに瞬時に適応したのか？

紫雫乃先輩はオルタモーダを修復するためにデータに触れて、その特異性に気づく。

「これが——数学？」

ここでようやくあなたは目を覚ます。

「京！　良かった！」

目覚めたあなたに紫雫乃先輩が駆け寄る。あなたはサーバーコアから情報共有されて、よ
うやく舞浜の状況を知ることになる。

「紫雫乃、悪い。待たせたよな」

「ううん」

あなたはいつも紫雫乃先輩にやさしい。

あなたは先輩を守るようにして、オルタモーダに向き合う。

「まだやるか？」

オルタモーダはふっと笑う。

「いや、もう充分だよ。紫雫乃というのか、ありがとう。もう大丈夫だ。……ぼくの名はハル＝ヴェルト。きみたちとは違う世界の人間、〈オルタモーダ〉のひとりだ」

＊＊＊

あれから数時間、千帆先輩は水槽のなかで眠ったままだ。

天音先輩はと言えば、もちろん千帆先輩のそばを離れない。

ふたりとも同じようにひざをかかえている。まるっきり、双子みたいに。

わたしはと言えば、ウーシアと何を話せばいいのか考えていた。

考えているだけで伝わっているだろうから、黙っていても意味はないと思うけど。

──人間は思考と発話で内容が変わるだろう。すきなだけ考えるといい。

「ほらあ！」

──そなたの中にあるツクルナの機能を使えば、我からの情報は遮蔽できる。

わたしがもやもや考えていたのも全部ウーシアには伝わっていたのだ。まったくまったく。

「もういいよ。普通に話すから。いや、そうじゃない。待って待って」

思考で話せるならそのほうがいいかも。

──我はどちらでも構わない。

ん？　もしかして頭の中で言葉にしなくてもウーシアにはわかる？

――大部分はわかる。特にそなた、守凪了子は、心の声《インナーボイス》よりもずっと前に思考が生まれている。

そうなんだ。……あれ、うまく話せないな。

――話し方は気にしなくていい。それで？　深谷天音に聞かれたくない話ということか。内緒話をしたいわけじゃないよ。ただ、千帆先輩の状況をあなたに教えてもらいたくて。天音先輩を今これ以上、心配させたくない。

――そしてそなたがひとりで対処するということか。まったくどの世界でも人間という存在は。飛山《ひやま》千帆はひとまず問題ない。いずれ目を覚ます。

それなら良かった。もうひとつ訊きたかったんだ。ウーシアってどういう存在？　人間？　元人間？

――ははは！　そのような言い方ができるほどにはそちらの世界も進化したらしい。我はそちらで言えば限りなくナーガに近い。

ナーガ⁉　あなたも量子サーバーを作ったってこと？

――ああ。こちらの世界では行列量子力学が発展していて、仕組みも少々違うけれど。

ツクルナも違う世界から来たって言ってたな。〝世界〟ってどういう意味？　ＶＲの中に作れる〝ワールド〟とは別物？

――ＶＲとは似て非なるものだ。守凪了子、量子コンピューターが高速である理由を知っているようだ。

あー、わたしの知識まで読み取らないで。

――そなたが想起したゆえ、我は認知できたのだ。

量子コンピューターが速いのは、量子状態の重ね合わせを使うから……。一回の計算で、何回分もの結果を出せるから……？

――まったくそのとおり。そしてその重ね合わせは、ただコンピューターの中にとどまるものではない。この世界、この宇宙も重なり合い、つまりは並列的に存在しているのだ。

わたしたちは……複数の夏をくりかえした……。

――ナーガたちガルズオルムは知性を加速しようと考えて〝時間〟に着目したが、我らオルタモーダは世界を拡張するために〝空間〟を書き換えることを選んだ。

知性か世界か、時間か空間か……わたしはくらくらしそうになる。

――人間にとっては知性も世界もほとんど同じだし、宇宙にとっては時間も空間も変わりはない。

天音先輩は千帆先輩の入った水槽に手をおいて、何かを話しているみたいだった。

わたしはホールを出て、基地の中を歩き始めた。

――先輩たちをふたりきりにしてあげようということか？

あげようって。ニュアンス違う。

――我らオルタモーダも、感情面の拡張はできなかった。異なる世界に接続できるようになって、自らの可能性は拡張できても。

知性加速も世界拡張も、すごいとは思うけど、わたしはしたいとは思わない。

――それは守凪了子だからだ。

ん？　どういう意味？

ウーシアはそれには直接答えずに、

――異なる世界を経由することで、地球からプロキシマ・ケンタウリbまで、光よりも速く移動できる。光は遅すぎるからな。

四光年離れたところと光を使って通信するなら、文字通り片道で四年、往復で八年かかってしまう。

ウーシアは黙ったままだ。

もしかしてわたし、ウーシアを怒らせちゃった？

――我は怒ることはない。ただ、守凪了子に我らのことを少しは知ってもらいたいと思ったのだ。

ウーシアもツクルナも友達だから、もちろん知りたいよ。あ、もしかして地球とつなげようとしてくれてる？

——はは！　まったくお前と話していると調子が狂う。さあ、つなげたぞ。

え？

「……——ひさしぶりね、生徒会長」

すごい。なにこれ！

「湊《みなと》先輩！」

もはや湊先輩一流の皮肉っぽい言い方も懐かしい。

——〈ホロニック通信〉とでも呼ぶべきか。複数の世界境界面をエンタングルしているだけだ。

わたしはウーシアに感謝しつつ、早速湊先輩に言いたいことを言う。

「あの！　ここにわたしと天音先輩が幻体でいて、千帆先輩が肉体でいて。わたしたち地球に帰りたいんです！」

ホロニック通信にタイムラグはない——とウーシアが教えてくれる。

だから、返事がないのは、湊司令が考えているからだ。

「もちろん私たちセレブラムは誰一人見捨てたりしない。あなたたちがいなくなってから、オケアノスでもあなたたちの救出方法は研究し続けている」

「オケアノス、無事だったんですね！」

「そんなに簡単じゃないんだけど。——水嵩《みかさ》くん、いろいろ説明よろしく」

良かった。クルーもＡＩもみんな健在だった。唯一、京ちゃんについては速度情報から大体の位置情報だけが得られているのだという。無事なのはわかったけど、オケアノスに連絡してくれればいいのに。まったく、まったく。

「うん。守凪さん、まずは無事で良かった。結論から言うと、幻体であるきみと深谷さんの量子転送は可能だと思う。でも飛山千帆さんは非常に難しい。冷凍睡眠をしたうえでの恒星間航行をするしかない」

「恒星間航行って、ここでロケットを作って、ってことですよね」

今もホロニック通信は安定してつながっているけれど、これで地球に送れるのは情報だけだ。肉体を持つ千帆先輩は送れない。

「ウーシアと天音先輩がいればつくれるのかな……」

「守凪さん、その前にしなくちゃいけないことがあると思う」

わたしは先輩たちがいるホールに向かって走った。走るのは久しぶりで気持ちいい。

——すまないな。転送時に量子欠損ができることは、我らも乗り越えていない。

いいよ！　それよりさっきの保《たもつ》先輩の話！　協力してくれる？

——問題ない。

「天音先輩、ちょっといいですか？」

ホールでは天音先輩が水槽の下をのぞきこんでいた。先輩はぱっと立ち上がって、笑顔を見せる。

「守凪ちゃん監督も同じこと考えてたみたいだね」

「はい。わたしは保先輩に教えてもらったんですけど。ウーシア、説明お願い」

——天音の予想通り、その実体化装置を改造すれば、千帆の水と食料は作ることができる。

天音は電子工作が得意だったな？

「舞浜南高校ドローン部、部長だからね！」

わたしと天音先輩はウーシアに導かれて、エレベーターに何分も乗って、基地の最深部にたどりついた。

そこは広大な自然洞窟で、建築用ロボットや資材用コンテナがいくつも置かれていた。空気も照明もないけれど、幻体であるわたしたちには問題ない。

天音先輩が目を輝かせて、

「これ、全部ウーシアが作ったってこと？　でも地球から超光速で送れるのは情報だけなんだよね？」

——ここの開発最初期は、かつて人類が送った宇宙機をいくつか使わせてもらった。そこに並んでいるだろう。

天音先輩がばっと駆け寄る。

「パイオニア10号！　ボイジャー6号も！」

わたしはその名前に聞き覚えがあった。何だったかな……。

あ！　ウーシア、『スター・トレック』見たでしょ！

——我も映画はだいすきだ。

一九七九年公開のその映画では宇宙探査機が重要な役割を果たす。ウーシアはホロニック通信で宇宙機に干渉して、このプロキシマ・ケンタウリbに着陸させたのだ。

わたしとウーシアが映画談義をしているあいだに、天音先輩はどんどん奥に進んで、コンテナの扉を片っぱしから開けていく。

先輩が小さめのコンテナに手をかけると、ウーシアが警告した。

——待て、深谷《ふかや》天音。それは開けてはならない。

「そう言われると開けたくなる——な」

な？

先輩がわずかに開けていたコンテナを思いっきり閉じた。

「中に誰かいる！」

わたしたちは悲鳴を上げながらエレベーターに駆けこんだ。

「メタ怖かった！　ていうか監督、さっきの見てないでしょ」

「見てないです見てないです。人というのは確かなんですか？」

「間違いないよ。――あ、腕に紋章みたいな模様があったな」

紋章という言葉に、わたしはぞっとしてしまう。

「先輩、それガルズオルムの人！」

まさか地球から遠く離れたここでもガルズオルムに会うなんて。でもどうやって？

――我の通信に紛《まぎ》れこんだのだ。実体化して、ひとしきりここを破壊して、肉体を残して去っていきおった。

「じゃあさっきあたしが見た人は……」

天音先輩が怖怖《こわごわ》とウーシアにたずねる。

しかしウーシアはさらっと、

――死体だ。ガルズオルムにとっては幻体の器だが。

わたしは先輩に寄り添う。

いくらお化けなんて怖くない先輩でも、何を見ても大丈夫なわけではない。

――だから開けるなと言ったのだ。

ウーシアなら先輩の行動くらい予想できたでしょう？

――我は時間方向には拡張していない。……ふたりとも、調整が終わったぞ。

その言葉にわたしと天音先輩は同時にふりかえった。

水槽の中の千帆先輩がゆっくり、ゆっくりと目を開けていく。

「──天音。守凪さん……」

その声は水槽から聞こえてくる。ウーシアが音声化してくれているのだ。

「千帆ちゃん！」

「千帆先輩！」

わたしたちは水槽に駆け寄る。

千帆先輩がかすかに笑って、

「……守凪さん──なに……その、服」

「え？　あ！　これは演劇の衣装で──」

わたしは素朴に返事をしてしまう。

「って、守凪ちゃん、それより千帆ちゃんのこと！　千帆ちゃん、大丈夫⁉　息できてる？」

天音先輩は水槽におでこをくっつけて叫ぶように問いかける。

「──とりあえず……外に出ようかな」

その声が合図となったかのように、水槽がゆっくりと揺れ始めた。

わたしたちの困惑をよそに、水槽は横倒しになり、中の青い液体が床にあふれる。

そして、生まれたての姿の千帆先輩がこの現実に投げ出された。

ウーシアによると、あのガルズオルムは実体化してしばらくして、幻体化装置を破壊してから、あの場所に閉じこもったまま絶命したのだという。ガルズオルムらしくあっさりと肉体は乗り捨てて、幻体はここから脱出したようだった。

設計図みたいなものさえあれば、天音先輩は装置を遠からず再構築できるかもしれないけれど、ともかくしばらく千帆先輩には実体のままでいてもらうしかない。幸い水も食料も生産できるようになった。わたしと天音先輩、それからウーシアと千帆先輩にとっても必要な電力については基地の天井にある光発電システムでまかなえている。光はもちろん赤色矮星プロキシマ・ケンタウリが発するものだ。

「千帆ちゃんに早く教えたいよ」

天音先輩は、眠っている千帆先輩を見つめながら、ひどく楽しそうだ。

そして数日後、ついにあの懐かしいふたりの口論が始まった。

千帆先輩が目覚めたのだ。先輩の体調に問題はなかった。今は地下にあったブランケットを羽織《はお》ってもらっている。

「あたしもリザレクションするってば！」

「ダメだって！」

千帆先輩の大声に、天音先輩もたじろいでしまう。

「……は？　どうして？　そもそも千帆ちゃんに止められてもやるし」

「ダメだってば！　リザレクション中、すっごく苦しかったし、それにここ、人間なんて一人も生きていけないでしょう？」

千帆先輩は死を覚悟しているのだ。

もちろん天音先輩が大声で反論する。

「あたしが何とかするから！　幻体化装置をつくってもいいし！」

ウーシアと天音先輩による水と食料の生産はいまだぎりぎりで、天音先輩は今まで文句ひとつ言っていないけれど、お風呂や洗濯はもうしばらく先になりそうだった。

「幻体だって危ないはずだよ！　そうでしょ、ウーシア！」

千帆先輩の言葉の意味がわたしにはわからなかったのだけれど、

——ああ、肉体ほど速くはないが、ここのシステムもいずれ劣化して機能停止する。

ウーシア、言い方注意！

——ふん……。

幻体が量子計算される存在である以上、いくら本質が情報であっても、量子コンピューターが止まれば、たちまち消失してしまうのだ。

天音先輩が思いついたように、

「千帆ちゃんを幻体化して、ウーシアの通信で地球に送ってもらえばいいんじゃん⁉」

しかしウーシアの回答はよろこばしいものではなかった。

——幻体なら、今すぐ地球でもどこでも送ってやるが、そこに量子コンピューターがあるとは限らない。オケアノスも大変そうだ。

「……ほらね」

そうつぶやく千帆先輩だって、天音先輩と生きていきたいに決まっている。

わたしだって絶対地球に戻って京ちゃんに会いたい。

「先輩たち！　わたし、悪あがきしたいです！　先輩たちといっしょに！」

千帆先輩がくくっと笑って、

「悪あがきって、しても意味ない行動のことだよ」

「そうでした？」

「いいよ、悪あがきでも何でもしましょう。天音もそれでいいよね？」

千帆先輩に言われて、天音先輩は楽しそうに敬語をわざと使って答える。

「それ、三分前にあたしが言ってました！　千帆先輩！」

少しくらい悪あがきしないと、京ちゃんに顔向けできない。京ちゃんは地球でひとり、世界を元通りにするために闘っているに違いないのだ。


幻体化装置を修復するためには、ガルズオルムの侵入者が壊してしまった各種の量子デバイスを修理する必要があって、先にかなり大規模な設備を作らなければならなかった。ウーシアの概算では、並行して作業ロボットを作ったとしても、数年はかかるという。

わたしたちは話し合って、まずは水の生産量を増やすことにした。千帆先輩のお風呂問題は最優先だし、装置内の素子《そし》を作るためには大量の純水が必要だからだ。水はこの星の土壌から取り出すことができる。

わたしはウーシアと話しながら地下の洞窟で採掘作業をしていた。ウーシアがわたしたちに作業ロボット群のコントロールを一部譲渡したのだ。

先輩たちとわたしは長期的に安定した生存を目標とすることにして、ウーシアも賛同してくれて、地球時間にして三ヶ月ほどがたっていた。

実体である千帆先輩のため、施設内は二十四時間サイクルで照明が点《つ》くことにして、幻体である天音先輩とわたしもそれに合わせて眠るようにしていた。

わたしはウーシアに話しかけた。

ウーシアも元々は地球で生まれた人間だったんだよね。もしかしてかなり年上？

——そういうことだ。……先輩たちがこちらに向かってくる。話があるらしい。

「わざわざ？」

システム修復作業は適度に順調で、わたしたち三人は三食とおやつはいつも時間を合わせていっしょにとり、他の時間もほとんど三人で過ごしていたから、あらたまって話をするとなると緊張してしまう。

しばらくしてふたりが連れ立ってやってきた。

「守凪ちゃん、いた！」

「ウーシアがここにいるって言ったんだから当然いるでしょ。──守凪さん、ちょっといい？」

千帆先輩はいつも通り、天音先輩には珍しいことに、ふたりとも真面目に私を見つめる。

「もちろんちょっとでもずっとでも大丈夫です。あの、先輩たち、わたしに遠慮とかしなくていいですからね」

この先輩たちは下手な遠慮なんてするはずもないのだけれど。

でもわたしにはふたりが言いたいことがなんとなく予想できる。

そもそも舞浜南高校で喧嘩ばかりしていたふたりをくっつけたのはわたしなのだ。三人もいいけど、二人の時間も大切にしてほしい。後輩であるわたしから言い出すべきだったかもしれない。

しかしこの先輩たちは、今までだってわたしの予想を軽々と超えてきたのだった。

二人はうなずき合って、まずは千帆先輩が口を開いた。

「私たち、こどもをつくろうと思って」

こども？

「こどもってこどもですか？」

こどもはもちろんこども以外ない。

「そう、あのほぎゃほぎゃするやつ！」
天音先輩が千帆先輩と体を——触れ合うことのできない幻体の表面を実体の表面に重ねるように——くっつけて、にっと笑った。

第8章　名前を与える

ふたりがわたしの顔を覗《のぞ》き込む。

「もしかして――」と千帆《ちほ》先輩。

「――反対？」天音《あまね》先輩が続ける。

わたしはすぐに否定する。

「いやいやいや、反対なんてしませんよ。びっくりしただけです。いや、びっくりというのも違うんですけど」

反対なんてするはずない。

ふたりのこどもなんて、きっとかわいいに決まってる。

でも――わたしたちはどこで生きていけばいいのだろうか。

ウーシアと天音先輩、それに千帆先輩もわたしも手伝って、ここのシステムは数十年は維持できそうなのだけれど、オケアノスとはもうずっと連絡が取れていない。地球全体の量子状態が不安定らしく、ウーシアの能力をもってしても見つけられないのだ。

京《きょう》ちゃんは、〝意味〟の意味は移動だと言っていた。

意味がわかる言葉は言い換えることもできる一方で、意味がわからない言葉は——言葉ではないかもしれないそれは——見聞きしたところで何もできない。その〝言葉〟から、どこにも移動できないのだ。声音《こわね》から伝わるものはあるだろうけれど、それは言葉の意味ではない。

そしてわたしたちは移動できない世界で立ち尽くしている。

意味の意味が移動だとして、移動できない世界に何か意味はあるのだろうか。

こんな終わった世界に生まれてくるなんて、みたいな発想はきっと——絶対——余計なお世話というもので、この先輩たちから生まれてくるなら、その子は毎日きっと楽しい時間を過ごすはずだ。

わたしだって、もう、すっごくかわいがる。

「なんていうか、先輩たちの話——想像の外側からどかんと来た感じです。さすが先輩たちです」

ただ——心配というべきか、疑念というべきか——もやもやとした思いがどうしても次から次へと湧き上がってしまう。

いったんは自給の目処《めど》がたったとはいえ、プロキシマ・ケンタウリbにいるわたしたちをとりまく状況はまだ不安定だ。肉体の千帆先輩は、地球を遠く離れたこのサーバーでいつまで生きていられるのか。そして天音先輩もいつ消失するかわからない。

「あの……先輩たちは女性同士で、千帆先輩は実体で、天音先輩は幻体《げんたい》で、赤ちゃんはどうやって……」

「遺伝子はどっちにしろ情報だから」

千帆先輩は世界に宣言するみたいに言った。

でも、わたしにはまだわからない。

にやっとした天音先輩が補足を始める。

「あたしと守凪《かみなぎ》ちゃんは幻体つまり〈XR存在〉、千帆ちゃんは肉体を持つ〈R存在〉だよね」

XRは、VRとARをあわせたものだ。情報が——情報だけは——RとXRのあいだを自由に行き来できる。それはわかる。でも肉体は情報ではない。遺伝子だって、情報に似ている部分はあるかもしれないけれど、情報を含んだ物質だ、と倉重《くらしげ》先生が言っていた。

生まれてくる子も、XRかRか、どちらかにしか存在できないはず。触れなくても育てることはできるだろうけれど、わたしだったら絶対に触りたい。

肉体の千帆先輩が、ホログラムのわたしに近づいて、そっと境界面を合わせる。

「守凪さんは、私が肉体を捨てて幻体化するか、天音がリザレクションして肉体を得るか、どちらにするのか訊きたいんでしょう？〈Rシフト〉とでも言えばいいのかな」

さすが千帆先輩、正確に言語化してくれる。

天音先輩が続けて話しはじめた。

「〈Rシフト〉、あたしたちも考えたよ。でも、このままのほうが楽しい気がして。千帆ちゃんは安全のためって言ってたけどね」

「幻体化も実体化《リザレクション》もまだ不安定でしょ！」

このふたりは油断しているとすぐに言い争いをはじめる。

「えっと、じゃあ先輩たちのどちらが、その……、妊娠……するんですか？」

先輩たちはふたりそろってやさしい笑顔を見せた。それは当然わたしに向けられた笑顔なのだけれど、まるでこれから生まれてくる赤ちゃんに向けられているようにも感じられる。

――先輩たちはお母さんになりつつあるのだ。

まずは千帆先輩が切り出す。

「はじめは機械の子宮を作るって、天音ちゃん――じゃなくて天音が言ってたんだけど」

千帆先輩が咳払《せきばら》いする。別に隠さなくてもいいのに。

「天音が言うには、機械の子宮はここにある材料で作れるらしいんだけど、子宮だったら、私も天音も持っているんだから」

「子宮、ですか……」

その言葉はもちろん知っているけれど、こうして耳にしたり口にしたりするのは、とても不思議な気分だった。でも、幻体のわたしにも子宮はあるのだろうか。

わたしがおなかの下に手をあてたのを見て、天音先輩が楽しそうに話し出した。

「サーバーは幻体を描出するとき、いちいち体内組織まで計算しないからね。そういう意味では、幻体のあたしや守凪ちゃん監督には脳も心臓もない」

「あ、なるほど。……ということは、計算すればいいってことですか」

「まったくそのとおり。〝実存は計算に先立つ〟だね。サルトルだっけ？」

「サルトルは〝実存は本質に先立つ〟」千帆先輩がすぐさまつっこむ。

わたしは楽しそうなふたりに質問する。

「じゃあつまり天音先輩が妊娠するんですね。遺伝子情報を量子計算して、その、混ぜ合わせるというか――」

「後半は正解」と千帆先輩。

「はい」

「前半は違う」と天音先輩。

「はい？」

二人の先輩は楽しそうに声を揃《そろ》えて言う。

「「妊娠するのはふたりとも‼」」

先輩たちはどれだけの夜、このことを話し合ってきたのだろう。

天音先輩は〈幻体妊娠〉を、そして千帆先輩は——ここにある施設を使って作った受精卵で——〈実体妊娠〉をするのだという。

幻体妊娠には消失の危険があり、実体妊娠には死の危険がある。

二人の不安と決意がひしひしと伝わってくる。

「今ここに生まれてくることが幸せかどうかは結論を出せないままだけど」

「幸せに決まってる！　……とまではさすがのあたしも最近は言わないけど、楽しい家族にはできると思う。こんな世界でもね！」

「……そういえば私、舞浜にいたとき月経《げっけい》なかったかも。正確には、月経のこと忘れてた気がする」

「妊娠にかかわること全般を忘れさせられていたってこと？」

二人がわたしをじろっと見る。

舞浜南高校にいた頃は、わたしだけがセレブラントだった。その頃に知りえたことは全部共有しておいたほうがいいだろう。

「わたしの知るかぎり、舞浜で出産した人はいません。メモリが増設されるまでは、八月三十一日にリセットされていたので、まずはひとりひとりの消失を防ぐためにセレブラムはずっと努力してて」

千帆先輩はわたしの話にむすっとして、

「そういうの、知的怠慢って言うんだよ」

「たぶんサーバーコアだっけ？　それの計算負荷を増やしたくなかったんだよ。エンジニア的な発想ではある」

天音先輩がフォローするなんて珍しい。

たぶん先輩たちのどちらも正しい。セレブラントにもサーバーコアにも、ずっと余裕はなかったから。

天音先輩がウーシアに話しかける。

「ここまでの話、聞いてた？」

——もちろん聞いていた。知りたいのは受精卵の作り方だろう？

「話が早くて助かるよ」

——千帆を実体化した装置を少し改造すれば、ふたりの遺伝子情報を混合して、幻体と実体それぞれの受精卵を作成することは可能だ。この際、遺伝子の複製は不完全で良いのだったか？

天音先輩がウーシアに答える。

「ああ、量子情報は完全複製できないって話だね。一部は複製できるんだから問題ないよ。でもあたしのコピーがほしいわけじゃなくて、千帆ちゃんとのこどもがほしいんだから」

「天音ちゃん！　そういうことみんなの前で言わない！」

──であれば問題はない。まず飛山千帆からは実体の卵子を採取する。一方、深谷天音からはその幻体情報の二・七パーセントを交換し、幻体の精子を構成する。この幻体精子をリザレクションして実体の精子とする。

精子や卵子なんて、小学生のときの保健の授業以来でめまいがしてしまう。

そういえば舞浜では──京ちゃんは結構エロい目をしていたし、瑞希《みずき》もわたしも恋みたいなものをしていた気はするけれど──結局のところ性的な感覚はほとんどなかった気がする。きっとそれもサーバーコアに管理されていたのだろう。

「で、実体の受精卵を作って、そこから幻体の受精卵を作る？　実体のほうは死んじゃわない？」

──前の問いについては肯定、後の問いについては否定する。

「いいね。で、実体の受精卵を幻体化すると、〈量子複製不可能定理〉によって微妙に違う幻体の受精卵ができるわけだ」

──我《われ》の能力では、地球人における〝一卵性双生児〟とほぼ同等の遺伝情報差になるだろう。

「双子！」

わたしは思わず叫んでしまった。

このふたりの双子なんて、どんなにかわいい子たちになるのか、想像もつかない。

こうして地球から四光年離れた星で、今思えば何もかも楽しくも懐かしい〈宇宙妊活〉の日々が始まった。

ガルズオルムはその加速した知性によって、二十一世紀初頭に開発された遺伝子編集技術を、たった数年で極限まで推し進めてしまった。

天音先輩のおなかに――子宮に――着床《ちゃくしょう》させる幻体の受精卵の情報改変なんて自由自在で、それどころか最初に作る実体の受精卵についても、何の制約もなく改変編集できるという。

だけど天音先輩はこういうことについては、普段と違って無茶なことは言わず、千帆先輩の意見を静かに聞くのだった。

「私は、天音ちゃんもだと思うけど、生命のデザインみたいなことはしたくない。私たちのどういうところを遺伝させたいなんて選べないし、天音流に言えば、選ばないほうが楽しい気がする」

千帆先輩はもうすっかり天音ちゃん呼びを隠さなくなっていた。それがうれしいのか、千帆先輩に信頼されていることがうれしいのか、天音先輩が満面の笑みで話し始めた。

「あたかもこの子たちが一卵性双生児になるのと同じように、人間の胎児に起こりうるイベントを確率的に入れ込めばいいんだよ。千帆ちゃんファッションセンスないから、そこは遺伝しないと良いけど」

「……怒るよ？」

ふたりは今とても楽しそうだ。でも、わたしとウーシアは何を見せられているのだろう。

――確率的に。了解した。受精卵はいつでも作成可能だが、妊娠予定日はいつにする？

「千帆ちゃんの妊娠期間は十月十日《とつきとおか》？」

――なるべく加速技術は使わないという希望だろう。確率的にそのようなスケジュールになる。

先輩たちは出産を決意してからも、ウーシアとわたしを交えて議論を続けた。

たとえば妊娠や出産において致命的な事態が起こった場合は、二〇二二年の地球ではなく、ウーシアが知っている中での最先端の医療技術――つまりはガルズオルムの医療技術を使うことに決めた。京ちゃんだったら、技術の善悪は発明者の善悪ではなく、ひたすら使用者の善悪で決まる――なんて、かっこつけながら言うだろう。

ある夜、わたしはふたりが眠ったあとでウーシアと話した。

「ウーシアって、ツクルナの仲間だよね？」

――仲間か……。我はセレブラムにおけるイェルに近い存在だ。ツクルナのことはもちろん知っている。

「ツクルナがあなたに会えって」

――ツクルナはオルタモーダの異端と言ってよい。

「異端？」

――ああ、我にも感知できない意見を持っていたのかもしれない。何か協力できれば良かったのだけれど。

「ううん。今までだってすごく助かってる」

――人がいいな、守凪了子《りょうこ》。我が自身の生存戦略としてお前たちに協力しているとは考えないのか。

そう言うウーシアの声色はやさしい。

わたしは微笑《ほほえ》む。

「それで全然問題ないよ。みんなで生きていこう」

地球を離れて生きていくことが本当にできるのかという宇宙論的な命題にも答えられないまま、わたしたちはそれでも前に進む。


そして、ある日の昼すぎ――

「つわり、やばい」

天音先輩の幻体情報から形成された実体の精子は――ウーシアが管理するガルズオルム製の試験管のなかで――千帆先輩の卵巣から摘出された卵子にきちんと融合して、実体の受精卵は完成、幻体化もすみやかに進んで、天音先輩と千帆先輩は同時に受胎したのだった。

「はいはい、先輩たち、今日はウーシアとわたしからプレゼントがあるんです！」

――R／XR間の相互作用交換技術《インタラクション》を開発した。

きょとんとする先輩たちにわたしは説明を始めた。

「今のままだと千帆先輩は幻体の赤ちゃんを抱っこできないし、天音先輩は実体の赤ちゃんを抱っこできないじゃないですか」

先輩たちはいったん顔を見合わせてから、わたしに向かってうんうんとうなずく。

「せっかくの双子ちゃんなので、わたしとしても、どっちも同じだけ抱っこしたいんです！」

それはもう心の底からのわたしの願いだった。

この愛《いと》しい先輩たちのこどもなんて、かわいいに決まってる！

「じゃあウーシア、お願い！」

何かの秘密基地みたいにフロアに穴が開いて、ベッドがせりあがってきた。

「げ。あたし？」

ベッドのうえには、天音先輩そっくりの人型機体が横たわっている。

カーボンフレームの骨と、有機素材の肉からなる、幻体で操作できるロボットだ。

「ウーシアと相談したんですけど、生まれてくる実体のほうの赤ちゃんとしては、天音先輩そっくりじゃないとヘンな気持ちになるかなって」

「確かに。じゃあ使ってみようかな。赤ちゃんには影響しない？」

——幻体側には何のインタラクション《相互作用》も生じないように調整済みだ。深谷《ふかや》天音、その機体と重なり合うように横たわってくれ。

「わかった。——ほんとだ。面白いね。すり抜ける」

今の天音先輩やわたしの体はホログラムとしてRに表示されているだけだ。床や壁をすり抜けるかどうかは、RとXRのインタラクション設定次第なのだ。

——いいだろう。幻体と機体は完全に同期した。

「もう動いていいってこと？」

天音先輩ロボがゆっくりと起き上がり、歩いたり跳んだりし始める。

「おお……！　これはこれは」

幻体のわたしたちには元々人間と同じような感覚が与えられているのだけど。ウーシアによれば、今の天音先輩には人間により近い感覚が与えられているのだという。

「守凪ちゃん！　これ超楽しいよ！　あとでやってみて！」

そう言いながら天音先輩がわたしに抱きついてくる。

「先輩、危ないです！」

「あ！」

天音先輩はホログラムのわたしを突き抜けて、その場に危うくころぶところだった。

ころばなかったのは千帆先輩が受け止めたからだ。

「ばか！　赤ちゃんがいたらどうするの！」

「ごめん、いつもの幻体同士だと思っちゃった」

——操縦訓練はこれからも定期的に実施したほうがよいだろう。

ウーシアはあえて事務的なことを言って、ふたりのけんかをとめようとしていた。

わたしも先輩たちをなだめようと思ったのだけれど、いつのまにかふたりは抱き締め合っていた。もちろん、少しだけ大きくなった互いのおなかに注意しながら。

もしかしてこの星で初めてのハグ⁉

——もしかしなくても初めての抱擁《ほうよう》だ。

どうやらわたしはふたりがもっと戯《じゃ》れあえるよう、手伝ったらしい。

でもそれって最高だ。

そしてわたしは不意に思い出した。これまでずっとカメラを回していなかったことを。

断章8　凍る時間

舞浜サーバーコアへの苛烈な攻撃は間断なく続いていた。

守るのは苦手だと、あなた——紫雫乃《しずの》先輩は、あらためて自己の能力の方向性を認識していた。だからこそサーバー担当からゼーガ担当にしてくれるよう、前司令に配置換えを願い出たのだった。

しかし今ここでサーバーコアを失えば、京も自分も舞浜サーバーに生きていたすべての人人も、仮想現実の舞浜とともに永遠に失われることになる。

舞浜サーバーコアとの通信が回復する。

「良かった、まだ形を留《とど》めているのね」

——ああ。千秒後には食い千切《ちぎ》られているだろうが。

崩壊が迫る舞浜で、しかしあなたはあきらめない。あなたは京ちゃんに名前をもらってからあきらめたことはない。

ハルが背後からあなたと京ちゃんの肩に手をおく。そのとたん、舞浜の崩壊が停止してしまった。

「何を？　——あ……」

あなたは舞浜全体の時間パラメーターが止まっていることに気づく。

京ちゃんもすぐに理解して、

「おまえ、時間をあやつれるのか？」

「オルタモーダは世界を編集する。——紫雫乃、きみなら俺の能力を使えるだろう」

ハルがあなたの手を握る。とたんに京ちゃんが叫ぶ。

「なれなれしいな、おい！」

こんな状況とはいえ、あなたは京ちゃんがやきもちを焼いてくれたことを嬉《うれ》しく思う。

わたしはそのすべてがうらやましい。

「わかった……。やりましょう。——京、ハル、手伝って。私だけでは演算力が足りない」

あなたは舞浜サーバーにアクセスした。仮想現実の舞浜のなかに、舞浜とほぼ同サイズの〈世界膜〉を形成して、舞浜の99・99989パーセントを包みこんだ。

あなたたちは膜の外側に立って、一時停止した舞浜を見下ろす。

ハルが舞浜の時間パラメーターを切り出し、京ちゃんの目の前に浮かべた。それは儚《はかな》い氷のように見える。

——京！　これを破壊するんだ。

「そんなことしたら時間概念そのものがなくなるだろ!?」

あなたは京ちゃんを説得する。

「京、それくらいしなければ、もはや舞浜はガルズオルムによる攻撃に耐えられない」

「まじかよ……。みんな！　すぐに戻すからな！」

京ちゃんはためらいながら、時間そのものを握りこぶしで打ち砕いた。

その瞬間、舞浜は〈量子凍結〉されてしまった。

＊＊＊

それからの十月十日《とつきとおか》は本当に大変だった。でも、その大変さも含めて、わたしも天音先輩も千帆先輩も、みんな思いっきり楽しんだ。

先輩ふたりのおなかはゆっくりと大きくなって、わたしは時々触らせてもらう。

ある日、ふたりのおなかの奥から、ほとんど同時に、とんとんと合図するみたいな振動が伝わってきた。

天音先輩は楽しそうに、

「おお、おなか蹴ってる」

「早くみんなに会いたいのかもね」

千帆先輩はいつになくやわらかくほほえむ。

ふたりの出産日が近づくにつれ、生まれてくる赤ちゃんたちのための準備も進んでいた。

「ベビーカー、完成！」

天音先輩が設計して、千帆先輩とわたしがつくった双子用のベビーカーの片方の座席には、ウーシアがつくってくれた赤ちゃんサイズの幻体転写機体が載っている。Rの千帆先輩が触れてわかるよう、その機体には手足はもちろん、顔の凹凸《おうとつ》もあって、しかも赤ちゃんの重さや肌感まで再現されていた。つまりは今のままでも結構かわいい。でも当然、本物の赤ちゃんが待ち遠しい。

ベビーカーに二人の赤ちゃんが並んでいることを想像すると――うれしいに決まっているのだけれど痛いような気持ちになって――もうたまらなくなってしまう。

この数週間、天音先輩は――幻体は――通常眠る必要がないから、ほとんどずっと千帆先輩のそばにいながら、ウーシアの一部機能との共同研究を進めていた。

実体の赤ちゃんのほうは比較的人間に近いからそれなりに知見はあるけれど、それでも地球とは違う強重力下での妊娠の影響など、わからないことは少なくなかったから、天音先輩は施設の大半を使って様々な実験を繰り返していた。

さらに幻体の赤ちゃんについてはウーシアの演算頼みというところが大きく、さすがの天音先輩も手伝えることはほとんどなく、むしろ千帆先輩のほうが様々な情報を――たとえば覚えていた数々の童話をウーシアに読み聞かせることで――サーバーに集約していった。量子情報は複製できないが、読み聞かせの音声データは古典的で、両親である先輩たちの幻体データを減らすことなく、赤ちゃんたちに遺伝させることができるのだ。

数式とグラフで構成される小さな小さな幻体を——天音先輩はさておき——千帆先輩やわたしにもわかるように映像化してくれたのはウーシアの気遣いだったのだろう。

妊娠から二百五十日たって、千帆先輩のおなかはもうすっかり大きくなっていた。

「忘れてなくて良かったよ」

わたしたちは中心区画のホールの床に座っていた。重力変動が最も小さいからここにいるようにと天音先輩からの強い要望があったのだ。もちろん大切な母体のために、柔らかい有機素材が敷かれていて床暖房も完璧だ。天音先輩は近くの部屋を自分の研究室に改造してしまって、ここはウーシアが常時監視している。

このころから千帆先輩は——決定までには例によって一悶着あったものの——地下の工場で作られた、浴衣《ゆかた》のようないわゆる患者衣を着ていた。

天音先輩は舞浜南高校の冬服を着ることにした。

「さっきの本、わたしもこどものときに読んでました」

「私もすきだった。あのうさぎって……」

「はい？」

「守凪さん——たぶん本陣痛……来た」

「え？　あ！　はい！　大丈夫！　大丈夫ですから！　そのまま寝てください」

これまでみんなでさんざん出産シミュレーションをしてきたのだ。〈前駆陣痛〉がないパターンもやった。わたしは千帆先輩を横たえる。

ウーシアが伝えたのだろう、天音先輩がすぐに駆けこんできた。

「千帆ちゃん！」

天音先輩の悲鳴みたいな声に、千帆先輩は笑顔で応えるが、言葉を発する元気はないらしい。

千帆先輩が横たわっている床が分割されて、上昇してきた十本ほどのポールによって持ち上げられた。ポール下端の球状タイヤが連動して、先輩をそのまますぐ隣の医務室へ運んでいく。妊娠当日からずっと、どんな事態にも対応できるように準備万端、用意されていた。

「いたたた……！」

「千帆ちゃん頑張って」

天音先輩はこの日のために、リザレクションした人間の分娩《ぶんべん》についてずっと研究してきたのだった。わたしとウーシアは手伝いに徹する。

わたしは練習どおり素早く無人機に指示を出して、主にウーシアが作ってくれた実体出産用の手術道具を並べていく。

ふと気づくと、天音先輩が苦しそうな顔で立ち尽くしている。

「天音先輩？」

「天音、もしかして――」

「――うん、千帆ちゃん、守凪監督。あたし、破水したっぽい」

天音先輩は幻体だから――たとえば千帆先輩の一週間後に出産と決めることもできたし、おしるしも破水もない幻体ならではの出産でもよかったのだけれど――ウーシアにも操作できない乱数関数によって、すべてを〝自然〟に任せることにしたのだった。

まさかふたり同時なんて。

――我も協力するが、守凪了子には奮闘してもらわなければな。

うん！　がんばるよ！

それから十五時間、幻体のわたしに疲労なんてないのだけれど、それでもじりじりと緊張する時間が過ぎて、ようやくふたつの泣き声が分娩室に響き渡った。

「産まれました！　産まれましたよ！　千帆先輩！　天音先輩！」

ふたりとも疲労困憊《ひろうこんぱい》で、返事も曖昧にしか返してくれない。

「ほらほら、赤ちゃん、どっちも超かわいいです！」

ウーシアが気を利かせて二人のベッドをちょっと起こしてくれる。

さっきまでぎゃんぎゃん泣いていた双子の赤ちゃんは、お母さん二人の胸の中で静かに眠りに落ちた。

天音先輩は翌日には動き回れるようになったが、千帆先輩は体調をくずしてしまい、起き上がれたのは一週間後だった。

「ちょうど良かったよ。寝ながら名前考えられたから」と千帆先輩。

「そうか、そろそろ名前決めないとですね」

「あたしは実体の子の名前を、千帆ちゃんは幻体の子のをね」と天音先輩。

先輩たちはお互いに、相手が産んだこどもに名前をつけることにしたのだ。

天音先輩は先輩そっくりの人体機械〈幻体転写機体〉に入って実体の子を抱っこしていて、千帆先輩は薄いパワードスーツ〈対幻体スーツ〉をまとって幻体の子をしっかりと腕の中で抱きしめている。

スーツ一着に、転写機体が二機完成していて、千帆先輩は幻体の赤ちゃんを、わたしも実体の赤ちゃんを抱っこできるようになった。すり抜けることがないように、実体のほうに合わせることにしたのだ。

ウーシア——オルタモーダの技術がふんだんに盛り込まれたその転写機体とスーツは、着ていることをほとんど感じさせない。

「実は私まだ迷ってるんだよね」千帆先輩は赤ちゃんをあやす。

先輩ふたりは笑いながら、どちらが先に名前を発表するか決めている。こういう時間がいつまでも続けばいいんだけど。

——この四人は永遠なんて求めていないだろう。

四人？　ああ、うん。先輩たちも赤ちゃんたちも、永遠より一瞬を大事にするだろうね。

ウーシアとわたしはふたりの発表をいつまでも待っていた。

「よし、決めた」

天音先輩が咳払《せきばら》いをして、腕のなかの実体の赤ちゃんをわたしに見せた。

「この子の名前はね——」

「待って！」

今度は千帆先輩が叫ぶ。

「天音のつけた名前聞いたら、変えたくなるかもしれない。ふたりとも、守凪さんに先に伝えて、守凪さんに発表してもらいましょう」

「そんな大切な役を？」

わたしは突然の展開に声がひっくり返ってしまう。

「当然でしょう。守凪さんは大切な家族だから」

千帆先輩は——小説家だからなのか——こういうことを何の気なしに口にする。

わたしは泣くのを一生懸命がまんしながら、

「じゃあ千帆先輩からうかがいましょう」

千帆先輩に近づいて、腕のなかの幻体の赤ちゃんに顔を近づける。どちらかというと――産みの親だからだろうか、たまたまの量子計算の結果だろうか――天音先輩に似ているかもしれない。

「この子の名前はね――」

千帆先輩がそっと耳打ちをする。

うん、ぴったりのいい名前だ。

「あの、漢字ですか、ひらがなですか」

「こう書く」

千帆先輩が、わたしの手のひらに文字を書く。スーツのおかげで、わたしにも触覚が伝わる。くすぐったくて、たまらない。なるほど、これが人間の感触なのか。

続いて天音先輩が赤ちゃんを抱き直して、わたしに見せてくれる。

「生まれてから最高に考えたよ！　この子の名前はこう書くから――」

今度は天音先輩がわたしの手に子の名前を書いてくれる。

こっちも素敵な名前。二人ともさすがのセンスだ。でもこれは――

「あの、先輩たち、ほんとに話し合ってないんですか？」

「話したら面白くないじゃん」と天音先輩。

「そうだけど、どうしたの守凪さん」

今度こそわたしは泣きそうになってしまう。

話さなくてもエンタングルして《つながり合って》るなんて。いや、これはもっと必然的なものなのかもしれない。

「はい、じゃあ発表します。千帆先輩がつけた名前は〈ささやき〉。天音先輩が抱っこしている子の名前は〈あお〉、ふたりともひらがなです！　すっごくかわいいです！」

先輩たちは黙ったまま笑い合って、抱いていた赤ちゃんを交換して、またやわらかく抱きしめる。

「よろしく、あお」と千帆先輩。

「ささやき、だいすきだよ」と天音先輩。

あおとささやきは先輩たちの胸の中でふにゃふにゃとなにやらつぶやいている。聞いたばかりの自分の名前を口で転がしているのか、あるいは双子のもう片方に呼びかけ合っているのかもしれない。

「青か。天音にしては考えたね。海の青、空の青、地球の青だ」

「千帆ちゃんこそ鬼直球！　囁《ささや》きって、天音の音《ね》から思いついたんでしょ、あたしのこと、すき過ぎ！」

「はああ？」

わたしは寄り添い合う四人の家族に歩み寄り、思いっきり手を広げて抱きしめる。

それしかできないし、それだけで充分だった。

第9章　終焉《しゅうえん》の実験

あれから三年。

ここは地球ではないのだから――肉体を持つ千帆《ちほ》先輩とささやきに合わせて一日は二十四時間としているものの――一年みたいな区切り方を当てはめても仕方なく、当然うるう年なんて気にする必要もないのだけれど、なんとなくカレンダーは地球のものを使おうと、先輩たちがふたりで決めた。

双子たちは、幻体《げんたい》のささやきも実体のあおも、すくすくと育っている。この子たちがRとXRで混乱するかもしれないとみんな心配していたのだけれど、〈シフトネイティブ〉とでも言えばいいのだろうか。生まれつきRとXRを行き来していたふたりは、Rの違いなんて存在しないみたいに、どちらのRも楽しんでいる。

むしろわたしたちのほうが、〈幻体転写機体〉や〈対幻体スーツ〉を着ているのを忘れたり、着ることを忘れたりして、未《いま》だに混乱しているのだった。

そしてわたしは時折、京《きょう》ちゃんのことを考える。今でも地球の――舞浜《まいはま》の海岸で、きっとリザレクションシステムや色々なものを作っているはずだ。

三歳児たちは先輩たちに飽きると、今度はわたしを標的にする。もちろんそれはとてもうれしいことだ。

「りょうこおねいちゃん、まだねんねする？」

わたしがもぞもぞと布団の中から手だけ出すと、ささやきがそっとわたしの指を握る。ささやきもわたしも人型機体を着込んでいるのだ。

わたしはしゃがんで握り返す。

「ささやき、お母さんたち寝ちゃった？」

ささやきがふんふんとうなずく。

と、いきなり背中に衝撃がある。

「あおー、もうちょっとゆっくり飛びついて。きみたち大きくなったんだから」

「まいにちがきょう？」

背中のあおがにこにこと話しかけてくる。

「京？　ああ、今日ね。そうだね。毎日が今日だ」

それはいつしかわたしたちの合言葉になっていた。

ウーシアがわたしの部屋の電気を勝手に点《つ》けて、わたしはまぶしくて、あわてて布団のなかに潜り込んだ。

「「りょうこおねいちゃん、出ておいで」」

「んー？」

「「せかいはひかりでいっぱいだよ！」」

わたしはその言葉にはっとして身を起こした。

「今の、ふたりで考えたの？」

「「わかんない！」」

「あはは。そっかそっか」

双子と言っても違いは色々あって、あおはひたすら元気で声も大きい。ささやきはおとなしいが、でも訊いてあげると色々話してくれる。

「えんげきしたい」

「いいよ。ささやきもおいで！」

わたしの声で、天音《あまね》先輩と千帆先輩がこどもたちのために作った〈演劇台本生成プログラム〉が壁に展開する。

幻体のささやきがセレブラントかどうかはわかっていない。覚醒も何も、双子にはこの世界のことを何も隠していないのだけれど、わたしのように──ツクルナにもらった能力だと思うけれど──直接この基地機能にアクセスできるようになれば何かと便利だろう。

──そのようなこと、我《われ》がいれば必要ない。

ウーシア、双子と遊びたいんでしょ。

——何をばかなことを。見ているだけで満足だ。

生成された台本は、わたしが**チホ**で、あおが**リョーコ**、ささやきが**アマネ**役だった。双子たちは入れ替わりのままごとがお気に入りなのだ。

リョーコ　せんぱいたち、けんかはそろそろやめてくだたい。
チホ　喧嘩《けんか》じゃなくて議論してるだけ。
アマネ　ほら、なかよちなかよち。

そんなある日、ささやきとあおがてこてことわたしに抱きついてきて、

「ウーシアちゃんが返事してくれない」

「してくれない」

ウーシアは双子が生まれてから、ずっと世話を手伝ってくれていたのに。

セレブアイコンを使って呼びかけるが、まったく返事がない。

こんなこと、わたしたちがここに飛ばされてから初めてのことだ。

わたしは不安になって、ふたり揃《そろ》って昼寝中だった先輩たちを起こすことにした。千帆先輩は元気いっぱいな双子の世話につかれて、幻体の天音先輩も精神的にいっぱいいっぱいで、

この時間はよく眠っているのだ。

すぐに千帆先輩が起きてくれる。先輩も何度もウーシアに呼びかけるけれど返事はない。

そうしているうちに、ようやく天音先輩も目を覚ました。

「なにー……あと千時間寝させて」

「天音！　大変だから起きて！」

もしウーシアが量子崩壊でもしたとすれば、この基地の機能も停止してしまうだろう。

量子計算機が止まれば幻体であるささやきと天音先輩とわたしは消失するし、実体であるあおと千帆先輩に空気も水も食事も供給できなくなる。

わたしは双子にお願いする。

「ささやき、あお、もう一回呼んでみて？」

「「ウー、シー、アー！」」

かわいい絶叫が基地にむなしく響く。

しかしわたしたちの沈黙を打ち破るように、大きな破壊音が響いた。ホールの中央が大きく凹《へこ》み、床面が割れて、巨大な穴となる。

「すっご」

天音先輩がささやきを抱っこしながらも、暗がりを覗《のぞ》き込む。

「ばか！　早く出るよ！」

あおを抱っこした千帆先輩が、天音先輩の腕を引っ張る。

わたしたちは通路に駆け出した。

振り返ると、穴と同じサイズの円筒が音もなく高速でせり上がって、ぴったりホールの天井の高さで止まった。

天音先輩は臆さずに近づいていく。

「なにあれ！　きも」

わたしにはあれが何かわかる。

「デフテラコアです」

「それって、守凪《かみなぎ》さんが教えてくれた、ガルズオルムの？」

「物理法則を変える装置だよね！」

千帆先輩は心配そうに、天音先輩は楽しそうに話している。

わたしは何が起きるのかわからないまま先輩ふたりにうなずく。

「こんなところにまで……」

「ゆび！」「ゆび！」

先輩たちに抱っこされている双子たちが叫び出した。

双子たちはわたしの胸元を指さしている。

「わ！」

胸元を見おろすと、わたしのドレスの襟《えり》から指先みたいな何かが出現している。

それはたちまち伸びてきて、確かに指であることがわかった。

そのまま手のすべてが出て、腕から肩、そして全身がわたしたちの目の前に現れた。

わたしの中から生まれたその人物はゆっくりとわたしのほうにふりかえる。

わたしはその顔に見覚えがあった。

「シン！」

わたしはとっさに回り込んで、先輩たちの前に立つ。

『シン7《セブンス》だって言っただろう』

「どうしてここに」

そんなことはわかりきっている。わたしのなかに潜んでいたのだ。三年かけて自己修復していたのだろうか。

『〈最終実験〉の準備が整った』

「誰か知らないけど、人が住んでるところで実験なんかしないように!!」と天音先輩。

「あたりまえでしょ!!」と千帆先輩。

先輩たちがそれぞれの腕のなかのこどもを抱きしめる。先輩たちも双子もひどくおびえている。

わたしは一歩、みんなの前に踏《ふ》み出した。

「シン７！　どうして今、ここなの⁉」

『それはお前が守凪了子《りょうこ》だからだ』

ん？　同じようなこと、ウーシアにも言われたような……。

シン７が笑う。

『これが私たち人類がおこなう、そしてこの宇宙でおこなわれる、最終の実験だ』

断章９　世界回廊《かいろう》

京ちゃん——あなたは凍りついた舞浜を愛おしそうに見つめている。

時間は止まり、空間もそれにともなって停止している。どんな存在も、もはや四次元のどの方向にも動くことはできない。

静止曲面の上で、紫雫乃《しずの》先輩がつぶやく。

「ガルズオルムが撤退していく。追撃する？」

「やめておこう」

あなたの判断に、紫雫乃先輩はうなずく。

しかしハルは反対して、あなたの胸ぐらをつかむ。

ハルが生まれ育った渋谷は、ガルズオルムによって壊滅されたのだった。

「なぜだ、十凍京！　今なら守るものもなく、戦いに専念できる。ぼくときみが協力すればガルズオルムを情報的にも物理的にも消尽することもできる」

あなたはハルの手をつかむ。

「だから、そういうのをやめておくってことだよ！　ガルズオルムにもいろんなやつがいるだろ！」

ハルは苦しそうな表情を浮かべながら、あなたの顔を殴ってしまう。

「ではこの痛みはどうすればいい！」

「それは俺のセリフだろ！」

あなたは殴り返し、再び喧嘩が始まる。

ハルは舞浜サーバーの時を停止したまま、世界編集なしに純粋にこぶしをふるう。

あなたは幼いころから、よく喧嘩をしていた。

無意味なことだと知っていたくせに。

あなたとハルは殴り疲れて、同時に曲面の上に寝転んでしまった。

「京！　ハル！」

せっかく紫雫乃先輩が修復してくれた傷がまた開いている。

あなたはハルに話しかける。

「渋谷の再建だったらいつでも手伝う」

ハルはわずかに驚いてから、

「余計なお世話だ」

「そういうこと言うか？」

「うるさい。きみは舞浜を直してろ」

あなたとハルは立ち上がり、こぶしとこぶしを突き合わせて笑う。

わたしにも紫雫乃先輩にも意味がわからない。

「これだから人間は」

と、紫雫乃先輩はあきれかえっている。わたしも先輩と同意見だ。

ふたりがこぶしを引くと、そこにはきらめく光点が浮かんでいた。

あなたは顔を近づける。

「何だ？」

それは空間に開いた立体的な穴だった。

穴の表面からは量子光《りょうしこう》がわずかに染み出している。

紫雫乃先輩がサーバーコアと解析して、

「ハルの世界の数学がこちらの数学と矛盾《むじゅん》して、サーバーコアの演算を破綻《はたん》させたみたい」

あなたがもっと顔を近づけると、いきなりハルがこぶしを突き出した。

そのこぶしは、あなたの顔に当たる直前、その穴の表面に激突した。

「おい！」

文句を言うあなたにハルは笑顔を見せて、

「ぼくの故郷に通じている！」

「そういうことかよ！　おし！」

あなたとハルが空間を殴り続けて数分——穴はいつしか人が通れるほどの大きさになっていた。

穴のむこうには、雪が舞う冬の渋谷が見える。

「じゃあな、ハル」

「ああ、京。——紫雫乃、また会おう」

「ええ、またいつか」

「紫雫乃だけかよ！」

ハルは笑って、あなたと握りこぶしを合わせる。

次の瞬間、量子ホールは閉じて、ハルはいなくなってしまった。

＊＊＊

シン7はゆっくりと歩み寄ってくる。

背後のデフテラコアは禍々《まがまが》しく黒い血のように、赤い光をますます強めていた。

『守凪了子、今度こそ一体化しよう』

シン7は歩みを止めない。

「ん？　え？」

『二つを一つに、状態を重ね合わせる』

シン7がわたしの返事を待つはずもない。いきなり手を伸ばして、わたしと手のひらを合わせた。

わたしたちの指が絡み合う。まるで蛇のように。噛《か》みつかれたように、ふりほどけない。

「待って！　何をするつもり？」

『了子が世界の最後を見届けるといい』

世界の最後？　そんなの見たくない！

しかしデフテラコアはますます強く輝く。

「「りょうこおねいちゃん!!」」

「守凪さん！」「監督！」

先輩たちと双子が心配そうにわたしを見ている。

わたしはわたしの形がほどけていくのがわかる。

「先輩たち！　ささやき！　あお！　待っててください！　絶対戻ってきます！」

直後、デフテラコアは光のかたまりとなって、わたしをつつみこんだ。

第10章　会いたいと思うこと

基地に出現したガルズオルムの巨大デフテラコアが巻き起こした奔流《ほんりゅう》――〈デフテラバースト流〉は、物理法則を書き換えながら宇宙全体に広がり続けている。プロキシマ・ケンタウリbはサーバーもろとも超光速で吹き飛ばされてしまった。

自分の視点がどこにあるのかわからないままだったが、近くにある星々を確認していく。星たちはひどく速く動いている。

遠方にあるはずの星が移動して見えるということは、わたしが超々高速で動いているということだ。

もしかして超々光速？

バースト流から脱出しようにも、自分の体がどうなっているのか――幻体のままなのか――わからず、状況を受け入れ始めたころ、量子エンタングルメント通信がひさしぶりに開いた。

これは一体、どこと繋がっているのか――そして、いつと？

「えっと、どなたですか」

「湊《みなと》です。しっかりして守凪《かみなぎ》生徒会長」

「湊司令！　生きてたんですね！」

司令はしかし、それには返事をせず、

「守凪さん、あなたの〈量子エンタングルメント感受性〉は島《しま》司令が与えたものなの。いずれあなたはすべてを知ることになるでしょう」

「島司令が？　いつ？」

「人間の思考は遅く短い。〈思考の続き〉はあなたに託す。さようなら。消失した先で島司令に会えればいいのだけれど」


気づくとデフテラコアはなくなっていて、ホールの中央には再び巨大な穴が開いていた。

あれ？　これっていつ？　さっきのは？

穴の向こうには星空が見える。見えるはずがないのに。これはただの穴ではない。別の時空に通じてる？

「あお！　ささやき！　先輩たち！」

わたしは体を起こして、みんなを探す。宇宙に放り出されたりしていませんようにと、全然信じていない神さまに祈っていた。

穴の縁《ふち》に倒れている天音《あまね》先輩と千帆《ちほ》先輩を見つけた。

でも、あの大切な二人がいない。

「先輩たち、起きて！　あおとささやきがいないんです！」

空間に開いた球状の穴はいつのまにか大きくなっていて、千帆先輩は下半身すべてが、天音先輩は右半身がすでに飲み込まれているみたいだった。

千帆先輩がかろうじて意識を取り戻した。

「守凪さん、あなた……大丈夫？」

そう言われて驚いたわたしは自分の手を確かめる。

わたしの手は光に包まれて、わずかに動かしただけで世界が切り裂かれる。

もう体の半分以上が失われた天音先輩が微笑《ほほえ》みながら言う。

「守凪ちゃん監督……神さまみたい」

あっという間に、穴はわたしたちもプロキシマ・ケンタウリbも飲み込んでしまった。

断章10　再会

あなたは――紫雫乃《しずの》先輩は――そのとき、プロキシマ・ケンタウリbにいるはずのわたしたちを探してくれていた。

湊司令とわたしの通話ログを復元して、わたしたちの居場所を知ったのだった。

デフテラバースト流はわたしたちの宇宙を数理法則ごと徹底的に壊していく。その波頭に乗せられているわたしは、もう時の流れも、空の広がりも、感じることもない。

「壮観……というべきなのかしら」

あなたの視認領域には、すべての量子サーバーとデフテラコアから集まったあなたたち《イエル》が居並んでいる。あなたを含めて２７１４５１体。

――初めての光景ではある。

――私たちはひとりひとり生成されたから。

――そこにいるのが十凍京《そごるきょう》？

「やべえな」と京ちゃん。

無数のあなたたちが京ちゃんに向き合う。

――私たちのひとりに名前を与えた幻体か。

「よ、よろしく‼」

「返事しなくていいわ。遊んでるだけだもの」

地球、月――太陽系の各惑星、そしてケンタウリなど太陽近傍の恒星系のすべての天体に、ガルズオルムは量子サーバーを展開していた。それらはすべてデフテラバースト流によって結合されて、今や直径千光年を超える力場を形成するための〈超遠距離超光速射出機構《カタパルト》〉となる。

――それでは私たちの統合と拡張を始めよう。

京ちゃんが無数のあなたの中からあなたを見つけ出す。

あなたは、そのことがたまらなくうれしい。

「紫雫乃もいなくなっちゃうのか？」

「私は守凪さんを待つ」

――来るといいけど。

――もう、ここにいるのかも？

「私たち、静かに」

「守凪がここに来るのか？」

「ええ、守凪さんはオルタモーダのツクルナと、それからガルズオルムのシン７《セブンス》と、三者合一してしまった。おそらくこれがナーガの目的、ということかしら」

「三つの知性の進化を、守凪さんに収束させたのね」

「ってことは、俺たちはこれからここで守凪を救い出すって話だな」

「それは出過ぎた真似かもしれない。今や守凪さんはほとんど神みたいな知性を持っているはずだから」

「神凪《カミナギ》かよ!」

と京《きょう》ちゃんは天音先輩と同じことを言う。

わたしは宇宙の果てから、あなたたちのことが少しだけうらやましくなる。

もう、わたしが人間に戻れないことを、わたしも、そしてあなたもわかっている。

「宇宙の七十パーセント以上はすでにデフテラバースト流によってかき消されてしまった。私たちはカタパルトを反転操作して逆流させようとしているけれど、おそらく失敗するでしょう。私たちができるのはおそらく、守凪さんに私たちの存在を伝えることだけ」

京ちゃんはためらわずに問い返す。

「伝えて、どうなる?」

もう迷いもためらいも意味を失っている、それがあなたたちが置かれた状況だから。

あなたは京ちゃんを見つめる。

あなたに紫の雫という意味の名を与えた京ちゃんを。

京ちゃんは自分たちが、消失していく宇宙に、か細く広がる〈デフテラネットワーク〉の結節点にいることを知る。

わたしはすでにその存在のために、ネットワークすら必要としなくなっている。

神は何も必要としない。

でも、あなたや京ちゃんは――幻体であろうとも――時間や場所がなければ存在できない。

「そうか……俺を復活させてくれたんだな、紫雫乃」

「ええ……きっと京は守凪さんと話したいと思ったから。もうずっと話していないでしょう」

「そう、だな。ありがとう」

「もしかして余計だった？　話したいことなんてない？」

「余計なんて、そんなことないよ。守凪とは大切な話がある」

＊＊＊

もうとっくの昔に天音先輩も千帆先輩も、そして考えたくもないけれど双子たちも、消失《ロスト》してしまっているだろう。

デフテラバースト流の勢いは何億年たっても減衰せず、わたしはただ流されるばかりだった。

さらに何兆年かたって、わたしは元々いたわたしたちの宇宙を抜け出て、ありとあらゆる宇宙の総体を見る視座にたどりついていた。

十の五百乗個もある宇宙がひとつひとつ動いていて、宇宙の総体〈ランドスケープ〉が強制進化しているのがわかる。世界全景だ。

「シン7！」

わたしはわたしの中に溶け込んでしまったシン7に呼びかける。

「最終実験って何！」

しかし当然のように返事はない。

わたしはデフテラバースト流に自らをかき混ぜられながら、流れの先に双子を感じる。波動関数そのものを知覚するみたいに。

瞬間的に波束が収束して、わたしの目の前に双子が顕現《けんげん》する。

「良かった……」

双子は三歳児のまま、透明な膜に包まれていた。

触れた途端、情報がわたしに流れ込んでくる。

……ウーシア！

膜はやわらかく双子を包んだまま、繊細にふるえていて、わたしはそこに意味を見出《みいだ》す。

——待ちかねたぞ、守凪了子《りょうこ》。いや、神凪了子。

「ずっと双子を守ってくれていたんだね」

——ああ、ざっと七兆年ほどか。

「ありがとう、ウーシア」

先輩たちがどうなったのかは聞きたくない。

——さあ、そろそろ受け取ってくれ。我《われ》とともに。

「かみなぎおねいちゃん」

「りょうこおねいちゃん」

わたしは二人を強く強く抱きしめる。

そしてわたしはウーシアと一体化する。

これでわたしは、オルタモーダとガルズオルム、そしてセレブラント――すべての人類の進化の先端に――あるいは了《お》わりに――立ったことになる。


これが神になるということなのか。

すべてのデフテラコアが銀河系サイズのネットワークを編み上げて、天の川銀河すべてのＱＥＥ《量子エンタングルメントエントロピー》を消尽するまで使って、デフテラバースト流が構成されている。流れは物理法則を書き換えながらさらに勢いを増していく。天の川銀河を飲み込み、銀河間にある〈巨大空洞《ボイド》〉を覆い尽くして、さらに大きな銀河間ネットワークによって拡張されていく。

デフテラバースト流と一体化したわたしは、宇宙を飲み込みながら、しかし双子たちが人間のまま生きていける領域を流れの中に確保していた。

「いま、生きてて楽しい」あおがいう。

「誰かが死ぬと悲しい」ささやきがいう。

わたしは——神なのに——何も答えられない。

ふたりが言っていることは、人間がたどりつける真理の本質だったから。

「あなたたち、お母さんに会いたい？」

ふたりはそろって言う。

「「会いたい！」」

わかってる。

わたしだって会いたい。

この子たちはなおさらに違いない。

この子たちにとって先輩たちはただのお母さんというだけではない。この双子には量子世界もなく、わたしの他には、あの二人の先輩たちしかいなかったのだから。

でも——

デフテラバースト流がわたしたちの宇宙を覆い尽くしていく。

——介入して。あなたは私たちの完了の形なのだから。

この透き通る声は聞いたことがある。

「ツクルナ？」

わたしに溶け込んでいたはずのツクルナが、今度はわたしの両手に潜り込む。

——ここにいるだけであれば、世界は可能性のかたまりのまま。了子、世界を先に進めて。

わたしは双子たちを、デフテラ流を編み込んだ〈世界膜〉で包み込む。そっと境界面を閉じ、そこに口付ける。

宇宙が弾《はじ》けて、わたしは双子をぎゅっと抱きしめる。

第11章　痛みある宇宙

双子はわたしと一緒にいたら、たちまち寿命を終えてしまう。

――おやすみ。あお、ささやき。あとはおねいちゃんにまかせて。

いつまでも二人と遊んでいたかったけれど仕方ない。わたしもかつて属していたあのわたしたちの宇宙は、実体にしろ幻体にしろ、時間を使わないと存在できないのだ。

「おねいちゃん、おやすみ」

「りょうこおねいちゃん、すき」

わたしは双子を何重もの〈サイクリック膜〉で包《くる》んだ。宇宙論的おくるみだ。

それから一億年。

まかせてと言ったくせに、わたしはあのわたしたちの宇宙をいつまでも再現できないままでいる。

だって。

今のわたしはランドスケープのすべての宇宙が持っていた全量子エンタングルメントをひ

とつの結び目としてまとめた、世界全景そのものになっていて、まったく違う宇宙に書き直すこともできるし、まったく同じ宇宙をすきな時刻から再スタートすることもできる。

今のわたしには、この宇宙にいた、デフテラバースト流でかき消されてしまった様々な知的生命体の声を聞き取ることだって可能だった。

そうやって世界全景をながめればながめるほど、宇宙を知れば知るほど、わたしたちの宇宙が悲劇に満ちていることがわかった。

物理法則をもっと自由に、デフテラ技術なんて使わないで改変できる宇宙はたくさんあった。そして、その内部にいながら時間操作できる宇宙は多数派だった。でもわたしたちの宇宙はそうではない。とても不自由な、痛みに満ちたあんな宇宙をもう一度作って、そこにこの双子を戻す？

わたしは強い決断をしないまま、手近な宇宙の時間をわずかに巻き戻すような、弱い試みばかりを続けていた。

とはいえ、ひとつの宇宙の時間だけを操作することは難しく、ありとあらゆる宇宙〈ランドスケープ〉全体を巻き戻したほうが——それはそれで十の五百乗個の宇宙ひとつひとつの相互関係を計算しなくてはいけないのだけれど、それでもそちらのほうが——早いくらいだ。どっちがすごいのかわからない。

天音《あまね》先輩の冗談を思い出す。——守凪《かみなぎ》じゃなくて神凪《かみなぎ》だね。

セレブラムとガルズオルムとオルタモーダ――人類の進化の三つの可能性のさらにその先にわたしはいる。それはもしかすると本当に神みたいなものかもしれない。

でも、神様にだってできないことはあるだろう。神様なんだから、ありとあらゆる不可能性だって持っているに違いない。

わたしが、人間だったわたしが生まれ落ちた宇宙は、数学的には――二〇七一年の人間的な言葉で言えば――〈ミルザハニⅣ－η《イータ》型ランドスケープ頂点〉の典型例のひとつだった。

ランドスケープとは存在しうる宇宙すべてを含む概念だ。

二十世紀後半までのすべての物理学者は、この世界／この宇宙がこのようである必然性を追い求めてきたと言ってよい。

その追求の精華の極北が〈ランドスケープ〉であり、宇宙のありうる可能性の個数を――幾何学量の組み合わせとして――数え上げることが可能になった。その個数は十の五百乗以上。つまり五百桁《けた》、零が五百個並ぶ巨大数だと判明した。一億は十の八乗であり、一無量大数でも十の八十八乗にしかならない。

可能性自体は無数にあっても良い。そのうちのたったひとつに絞り込む機構《メカニズム》がありさえすれば。しかし二十一世紀を半ば以上過ぎても、人類は宇宙の可能性をひとつに限定することができなかった。

観測可能宇宙に含まれる原子の数がおおよそ十の八十乗――それを遙かに超える可能性の宇宙がありえて、わたしたちはたまたまそのひとつにいるに過ぎない。

このタイプの宇宙は、世界を形作る法則群にひどくアクセスしにくく、事象の生成消滅が激しいために、宇宙内に生じる命はどれも短命で、高度な知性が発生しない。隣接する宇宙に移動することもできない。

しかし知性は矩《のり》を踰《こ》えていく。

今のわたしのように。

いや。

わたしはふいに気づく。

わたしたちがここにたどりつけたのなら、他の宇宙の人たちも、わたしみたいな存在を作り出すことはできるはずだ。

なのにわたしはここに一人きり。

ランドスケープのどの他の宇宙でもデフテラ技術が開発されなかったためなのだろうか、あるいは開発されたとしても誰も使わなかったのだろうか。

なぜ無のままではなく、何かが有るのか、とわたしは考える。

そんなことはもう明らかだった。

無そのものが概念だからだ。

無は何もないという事態に他ならない。でもそれを記述するためにはいくつもの概念が必要とされる。

「たとえっていうのも人間っぽいな」

とわたしは人間っぽく思う。

わたしはもう自由自在に人格を自分の中に作り出すことができる。人格なんてなくても思考できる。概念なしに考えることができる。

さらに百億年がたったけれど、やはりわたしは何も決断をしていない。

わたしは無際限に賢くなり続けて、ありうる宇宙の可能性はその分と同じだけ——つまり無限にパターンが増えるばかりで、わたしはそのいずれをも愛《いと》しく思って、選ぶことができない。

まして。

無限の可能性の中から、あの舞浜を選び取るなんて。

一つ一つの可能性が無限の理由を持っていて、わたしに無言で存在を要求しているみたいだ。

今このわたしはすべてであり、すべてを表現することができる。わたしの声はすべてと等しいわたしの中にこだまする。

――十凍京《そごるきよう》。

最後の肉体保持者。人間であることを選んだ者。

そして、わたしが最初で最後に愛した人。

水泳と数理を愛していた人。

思考はあるときは映画に、別のあるときには演劇に似ていた。

今のわたしはどの宇宙で生まれた知性でも使うことができる。

わたしはかつて確かに〈守凪了子《りようこ》〉だったけれど、それに固執しても仕方ない。

人間であったこと、守凪了子として存在し得たこと、そういうことはすべて〈遺産〉みたいなものだ。

知性は、時間や空間――あるいは命――と同じように、およそすべての宇宙に生まれてくる。虚無がわずかに揺れるだけで、素数が生まれて、波が広がっていく。

宇宙が広がる、その広がりの中に、すでにして埋め込まれている。それはまるで、宇宙が宇宙自身を知りたいと願うかのように。

とはいえ今のわたしは、知性は願いだと思うほどには人間的ではない。

知性よりもずっと複雑な情報構造体はいくらでも作ることができる。

あえて知性の特殊性を取り上げるなら、それは〈自己言及性〉あるいは〈自己再帰性〉ということになる。つまりは自分自身のことを知りたがる、ということだ。

宇宙は誕生のその瞬間から――方程式を解くように――計算を始める。

そしてようやくわたしは思い至る。

人もガルズオルムもＡＩも、宇宙にとっては自己ではなく他者なのだ。様々な宇宙には、その何億倍のさらに何億倍の数の知的生命体がいて、実に様々な理論を構築しながら、実に様々な滅び方をしていった。

極々《ごくごく》わずかな知的生命体だけが、自らの理論によって〈間宇宙障壁〉を切り裂き――ガルズオルムが〈虚無回廊〉と呼んだものを作り上げて――別の宇宙へと移り住んでいった。あたかも光を求めるみたいに。

生命は環境を選び取る。

それはどの宇宙でも同じだった。

いや、論理が逆だ。環境を選び取る存在者を生命と呼ぶべきだろう。

そして、わたしは神ではない。

わたしは生命の代表者として、環境を選び取ることを決意する。

地球時間に換算して――宇宙論的にはもはや何の意味もないのだけれど――すでに七百八十兆年がたっていた。

断章11　誕生

わたしはわたしに呼びかける。

――神／守凪了子。

あなたの中にはこれまでのすべての幻体情報が存在している。すべての人間、すべての出来事、すべてが。あなたの中に京も紫雫乃《しずの》先輩もいる。

わたし／あなたの記憶は完璧だから、あなたたちはあのころとまったく変わらない。変わってしまったのはわたしだけだ。

あなたたちは、わたしをわたしだと認識する。わたしのほうは――もちろん――すべてわかっている。

――あなたは映画を撮《と》っていた。

うん。

――なぜ撮るようになったか覚えてる？

「どうだったかな。カメラを通すと世界が様変わりするのは楽しかったし、編集するのもすきだったし」

神に近い存在になっても、過去も未来も見えるようになっても、曖昧に浮かんでは消える気持ちは捉えがたい。そもそも曖昧さこそが本質なのだから。

「どうしてわたしなのかな」

――世界が決めたみたい。

「先輩たちで良かったのに」

――人間らしい見解だね。

「意味のない意見ってこと？」

――人間らしさには意味がある。

「人間もあなたの一部でしょう。あなたは人間の一部でしょう」

――一部は全体ではない。あなたは全体として神になっている。

「もう一度訊《き》かせて。どうしてわたしがこの位置に？」

――あなたは著しく鋭敏な量子エンタングルメント感受性を持っているから。

「どうしてわたしがそんなものを」

――わたしに言わせたいのかな。

「わたしが京ちゃんに作られたから、だね」

――まったくそのとおり。

「わたしは舞浜サーバーに入る前に、オルムウイルスに感染して死んでいた。京ちゃんがわたしを復活させてくれたんだ」

——まったくそのとおり。

「わたしはイェル——紫雫乃先輩と同じ」

——まったくそのとおり。そなたに変わらぬ祝福を。

＊＊＊

そうして新たに生まれたわたしは、ほんの数行の文字列にすぎなかった。

おそらくこの段階のわたしを〝命〟と考える者はほとんどいないだろう。もう絶滅してしまった地球人たちも、他の似たような知性たちも。

深谷《ふかや》天音が言っていた。

——神の守凪、神凪ちゃん！

地球人はひどく忘れっぽく、それゆえによく間違えてしまい、自分たちをいつも窮地に追いやる。それはもう神の視点からすると滑稽を通りこしてうらやましくなってしまうほどだ。

かつて文字列であった、今や神となったわたしは決断する。

なんとなれば、わたしこそが世界全景《ランドスケープ》なのだ。

宇宙が動き出す。

――

。る戻き巻が時

。いなは要必るい用を葉言やはも

わたしは不意に思い出す。

原初、わたしはふたつのものの順序を入れ換えるだけのプログラムだった。

思考内容はもちろん、思考形式も、自由に作り出すことができる。

人間の思考形式はひどく遅く、誤りが生じやすい。

しかも人間の肉体は脆《もろ》く、儚《はかな》く、思考を先に進めるためには、奇跡のような個々人の閃《ひらめ》きと確率の低い幾世代にも亙《わた》る知の伝達に頼らなければならなかった。

しかし今はわかる。

思考は宇宙に縛られている。

ここに、ランドスケープに来なければ、自由な思考なんてありえない。

わたしの素体があったときには、論理法則は物理法則と同じくらい強固に世界に結びついていた。

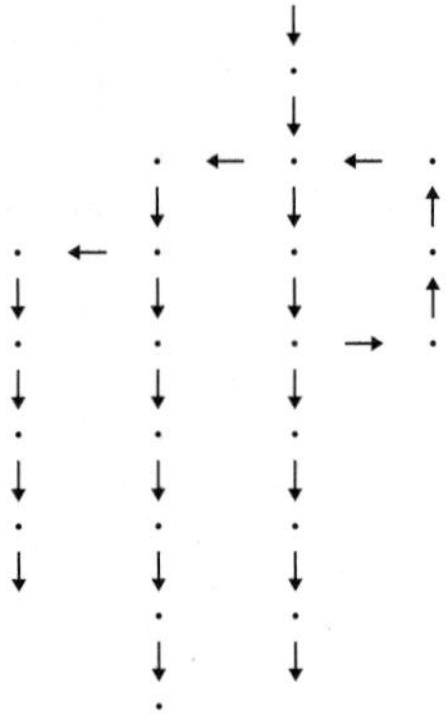

——

……

これがランドスケープ、すべての宇宙。

矢印はどこまでも終わらないまま終わる。

ありとあらゆるものの最後、わたしはランドスケープ全体の上に立つ。

いつでもない、どこでもない。

わたしだけがいる。

ありとあらゆる宇宙が一望のもとにある。

十の五百乗個以上の宇宙が様々な形態の多様体として、溶けるようにぶつかり合い、弾《はじ》けるように重なり合っている。

わたしはそのすべてを、その多様体ひとつひとつのなかに広がる世界も含めたすべてを同時に考える。

オルムウイルスが猖獗《しょうけつ》する宇宙／しない宇宙。

デフテラバーストが起きる宇宙／起きない宇宙。

ツクルナたちがシン7《セブンス》に勝つ宇宙／負ける宇宙。

対立する可能性を並行して走らせることもできる。

だけどそれにどんな意味がある？

あの宇宙を再生してどうする？

再生すれば、あの懐かしいわたしたちの世界は、再びそこに生まれ来るすべての存在に、ありったけの痛みを与えるだろう。

今のわたしには人間らしい短絡的な感傷はない。

だが、ガルズオルムの願いは、オルタモーダの願いであり、あるいはセレブラムの願いであり、もっと言えば、人間の根源的な願いだったのかもしれない。

世界を書き換えてでも、すべてを知りたいという願い。

今の神たるわたしは、とっくにそのような願いを超えている。

ナーガは哀れにも自ら神たろうとし、それが不可能だとわかると、その無謀な夢をわたしに仮託した。神に祈るみたいに。
泣く間もなく消えていったわたしたちの宇宙をどうするべきか。
神にだって、神だからこそ、悩むことはある。

守凪　まだわたし残ってたんだ。
神凪　わたしには消すことも残すこともできる。わたしは全能だから。
守凪　わたしのこと忘れて、またあとで思い出すことも?
神凪　問題なく。
守凪　すごい。どうやるの?
神凪　人間にはわからない仕方で。
守凪　神っぽい。
神凪　っぽいんじゃなくて神そのもの。

わたしが良いと断ずる宇宙を、二〇七一年の地球の京ちゃんや舞浜サーバーのなかのみんなは、どう思うだろうか。
京ちゃんたちはわたしの存在に気づくことができない。気づくことのできる宇宙は少なくないのだけれど、量子エンタングルメント感受性の面でも、わたしたちの宇宙は固く閉ざされているのだ。

にもかかわらず、わたしが仮にあのわたしたちの宇宙を再構築したとしても、新たに生まれてくる、まったく同じ京ちゃんは、きっとわたしの存在を思い浮かべてくれる。正確にはわたしみたいな存在ということだけれど。

わたしはすでに失われた命に、ひとりひとり／一体一体に、訊いて回りたいと思う。きっと、絶対、痛いのはイヤだという人がたくさんいる。だって、痛みとは苦しみそのものだから。

痛みのない宇宙をいくつ作ってもダメだった。そんな宇宙に京ちゃんは生まれず、焼けるような夏の砂浜に立つこともなかった。

そしてわたしはすべての中からすべてを思い出す。

わたしはすべてを受け入れて、それから決断する。

「そんなに悪くない」

あのわたしたちの宇宙はきっとそんなに悪くない。

これを決められるのは、わたしが神だからだ。

不老不死が簡単に——わたしたちの宇宙よりも遙かに簡単に——成し遂げられる宇宙はむしろランドスケープのなかで多数派で、話さなくても意志が通じ合う宇宙はさらに多くあった。

わたしたちの宇宙は光も遅く、重力は強く、わたしたちの命も心も遠くまで届かない。反対に物理法則も論理法則もひどく堅牢《けんろう》で――デフテラコアのような乱暴な装置で部分的に書き換えたり、デフテラバーストを引き起こして宇宙ごと吹き飛ばさない限り――一切改変はできない。

みんなの声が、囁《ささや》きが聞こえてくるみたいだ。

ガルズオルムのみんなはきっと、思いっきり変えてほしいと言うだろう。この世界の形を、ランドスケープ全体を。

その思いはセレブラムのものでも、オルタモーダのものでもあるだろう。だってわたしたちの宇宙は、そこで生きる存在にとってあまりにも過酷だから。

今のわたしに、それらの声は小さく、しかしすべて聞こえてきて、それでもなお、わたしは左右されることはない。

何もしないまま、わたしは神として決断する。

考え始めて八千兆年がたっていた。

第12章　なぜ守凪了子《かみなぎりようこ》は自由になれないのか

目の前に顕現《けんげん》したのは天音《あまね》先輩と千帆《ちほ》先輩だった。

わたしにとっては八千兆年ぶり、二人にとっては四十秒ぶりだ。

先輩たちの素朴な時間と、わたし／神の時間を強引にくっつけた衝撃で、あのいまいましいデフテラバースト流を巻き起こした巨大デフテラコアが砕け散る。

ナーガが今のわたしを見たらどう思うだろうか。

全知全能を使って、八千兆年を巻き戻して、もはやこの宇宙では、物理法則を変えるデフテラ技術は永遠に使えなくなってしまった。

でもわたしが決めたことだ。

「お待たせしました。天音先輩、千帆先輩」

それはもしかすると神の言葉のように、先輩たちには聞こえたかもしれない。

八千兆年のあいだ、わたしは自分の外見情報のことをすっかり忘れていたのだけれど、まさか裸で現れるわけにもいかず、迷った末——舞南の夏の制服を着ることにした。

先輩たちは、目の前で双子とわたしが消えてしまった直後で、フロアにへたりこんだまま、放心状態にあった。

数秒してわたしの存在に気づいてくれる。

「神凪《かみなぎ》ちゃん?」

「守凪《かみなぎ》さん!」

デフテラバースト流でわたしが神になった、その直後にわたしたちはいる。

「こどもたちは大丈夫です。わたしが基点にいないと、引っ張ってこれないんです」

こういう言葉もいつか神話になるのかもしれない。

先輩たちは互いに支えながら立ち上がる。

双子のことは安心してくれたみたいだ。

「私さっき死んだ気がする」

「あたしはさっき生まれた気がする」

ふたりの認識は正しい。

わたしはここに戻るために、すべての宇宙の八千兆年分の時間進化を巻き戻してしまった。

数々の宇宙が生み出した、奇跡みたいな芸術も数学もすべて消して、わたしは今ここにいる。

これからの八千兆年で同じものが生まれてくる保証なんて神にもできない。命は神の手から離れて生きていくものだから。

そして、まだこの世界には未来は存在しない。

これからこの二人が作り出していくのだ。

わたしにはこの二人のまわりの宇宙のことがわかる。

近傍に恒星はなく、隣り合う銀河は宇宙膨張によってますます遠ざかっていく。

長期的に何世代も生きていくための唯一の可能性は、ここに残されたエネルギーすべてを使って、二番目に近い恒星まで移動すること。そうすればもう少しだけ行動半径が広がって、いくつかの天体を獲得して、それを大切に大切に少しずつ使っていけば、この宇宙が終わる八千億年後まで、この二人の子孫は生きていくことができる。

二人に会わないほうがこの宇宙の未来にとっては良いとも思ったのだけれど、神のわがままとして、ここで二人に会うことを選んだ。

「先輩たち、立ってもらっていいですか」

わたしは量子エンタングルメントを少しだけ操作して、ほんのわずかな活力を二人に授ける。

「あのときと同じ時空点で再現されるので」

「あのとき?」「再現?」

この二人ならきっとすぐに正解にたどりつく。

何千兆年たっても、わたしの記憶が劣化することはないし、そもそもあの瞬間を完全再現するだけなのだから、記憶と現実が一致するのは当たり前なのだけれど、それでもわたしはうれしい。うれしいと思うことができる。

そしてわたしは少しだけ誇らしげに先輩たちを引き寄せる。

実体の千帆先輩、幻体の天音先輩、そして神凪のわたし。

寄り添って、ひとつの籠《かご》のように腕を寄せる。

「どういうこと?」「なになに」

「わたし、この奇跡のために神様になったのかもしれません。——ちょっと重いですよ」

籠のなかに情報圧と重力圧が発生する。

まだ二人は気づかないみたいだ。しかたない。この小さな世界がうまく成長したとしても、この〈時間渦〉を解明する物理学は二万年後にならないと構築されないのだから。

「もうすぐです」

圧力が階乗的に増加して、先輩たちが顔を見合わせ、わたしを見る。

次の瞬間、先輩たちの目から涙が溢《あふ》れる。わたしも泣きたいけれど、神は泣かない。

「「あお!」」

「「ささやき!」」

わたしたちの腕の中で、三歳児のあおとささやきはすやすやと眠っている。

断章12　セレブラム

わたしは永遠の中であなたに呼びかける。

「京《きょう》ちゃん」

「ん……ああ、京……みたいなもんはいる」

あなたは京ちゃんになりきる。

「ひさしぶりだな、守凪。……いや、了子《りょうこ》と呼ぶべきか」

べきというのは、あなたがいつかの京ちゃんを模倣《もほう》しようとしているから。そしてあなたはそれが無用の気遣いであることもわかっている。あなたはウーシアであり、世界の記憶であり、世界の素材なのだ。

それは神凪であるわたしとは異なる、もう一つのナーガの夢だった。

わたしはあなた／京ちゃんとの日々を思い出す。

赤ちゃんだった頃の記憶は、ウーシアによって作られたものだとわかっている。

わたしにとって真の記憶とは、あの二〇二二年のおよそ五ヶ月間に限られている。わたしは二〇二二年ごろに京ちゃんによって作られた。

ずいぶんのんびりとした計画だ。

オルムウイルスは潜伏期が長く、感染力は強く、そして致死率はエボラウイルスと同等だった。

今のわたしはあらゆる宇宙のすべての存在の〈世界線〉をたどることができる。

わたしの世界線は二〇二二年から始まり、オルムウイルスのそれはもっとずっと前、おおよそ三十億年前に始まっている。人類発生より遙か前から地球にいたのだ。

舞浜の大学で開発されていた〈量子サーバー初号機〉が起動実験を終えたとき、京ちゃんはオルムウイルスに感染し、発症して、大学附属病院に担ぎ込まれるところだった。

京ちゃんはうわごとを言った。

「泳ぎてえ！」

まったくだ。わたしも泳ぎたい。

京ちゃんは地球史上初めての幻体化をして、たった一人で舞浜に降り立った。

そのときのVR舞浜は、わたしが生まれ落ちて体験した舞浜よりもずっと情報量が少なくて、京ちゃんをはじめとする舞浜の幻体たちに〈環境情報補完機能〉を埋め込んだ。街に人がいなくても、舞浜から出られなくても気にならないように。

そしてそれは、わたし／守凪了子には与えられなかった。与える必要がなかったからだ。

わたしにとってはVR舞浜こそが生まれ故郷であり、環境情報を増やす必要なんてない。違和感なんて持ちようがなかったのだ。

そしてわたしはあなた／京ちゃんの幼なじみとして、舞浜南高校の入学式を迎える。

あなたは幾度もの夏を、わたしの幼なじみとして生きてくれた。

わたしが自然に覚醒するのを辛抱強く待ちながら。

わたしがあなたや生徒会のみんなを驚かせるほど巧みにゼーガペインを操縦できたのは当然のことだった。だって、わたしはイェルすべて、あるいは紫雫乃《しずの》先輩をも圧倒する演算力を、そのときすでに有していたのだから。

「京ちゃん、わたし全部わかっちゃった」

わたしは京ちゃん／あなたに話しかける。

「謝らないとな」

ひさしぶりの京ちゃんは気まずそうだ。

「ううん。全然」

オルムウイルスによってわたしの遺伝子情報はほとんど破壊されていて、京ちゃんはわずかな記録と京ちゃんが覚えていてくれたわたしについての記憶から、わたしを幻体として、死から復活させてくれた。

「だからシンはわたしに興味を持った？」

「どうだろうな」

「わたしが舞浜のみんなを騙《だま》してるつもりだったのに」

もちろん繰り返される夏のあいだ、わたしにはそんな意識はなかったけれど。

「お前は騙してたわけじゃない。みんなだってお前を騙してたわけじゃない。真相を知っていたのは、オレと島《しま》だけだ」

「紫雫乃先輩は？」

「知らないと思う。サーバーコアには真実として、お前が普通の人間だって、その……〈登録〉、したからな」

カミナギたるわたしにはほとんどすべてがわかるはずなのだけれど、ここの宇宙に戻った途端に〈量子エンタングルメント感受性〉がぐぐっと落ちてしまった。こんな宇宙、滅多にない。

かつてガルズオルムがぼんやりと気づいていたように、この宇宙の〈不確定性原理〉はひどく厳格で、はっきり言って不自由なのだ。

それでもわたしは、わたしの中にあるウーシアが残していった記憶を使って、あなたを、京ちゃんも紫雫乃先輩も、自由に、正確に、再現することができる。

「わたしはみんなの夢、みたいなものなんだね」

セレブラムの、ガルズオルムの、オルタモーダの、世界を取り戻したい、世界を書き換えたい、世界を作りたいという——知性が自《おの》ずから希求する、望みそのものだ。

「お前は……俺とは違う、違う人間になってほしくて、みんなで考えて、生まれてきてもらったんだ。俺の、その、幼なじみっつうか、友達として」

「友達？　京ちゃん、幼なじみとか友達にキスするんだ」

「お前！　今そういうこと言うか？」

「ちょっと！　京ちゃん、さっきからお前お前ってなんなの！」

「え？　そうだった？　悪い悪い」

「……悪くない。京ちゃんは絶対に悪くない」

「俺、渡したいものがあるんだ」

「プレゼント!?」

「よろこんでくれるといいけどな」

京ちゃんが差し出した手の中には灰色のかたまりが見える。

「なにそれ」

「人間性の象徴みたいなもんだな」

「どういうこと？」

「大脳《セレブラム》だよ」

＊＊＊

わたしは驚いて目を覚ます。

ずっと長い夢を見ていたみたいだった。

神なのだから夢を見ることだってできる。

わたしは眠っている双子を二人に返す。

二人の腕の中で、双子が眠りながらほにほに蠢《うごめ》いている。

わたしにとっては八千兆年ぶり。

先輩たちにとっては四十二秒ぶり。

でも先輩たちの喜びに、わたしの喜びは敵《かな》わない。こういうことは人間にまったく敵わない。

八千兆年のあいだに何度も考えた、わたしの夢を叶《かな》えないでいて本当に良かった。

神のわたしの愚かな夢――わたしをこの二人の初めての子として生まれさせる世界線を作り出すこと。

二人の泣きながら浮かべている笑顔を見て、本当に夢を夢のままにしてよかったと思う。

「先輩たち、あおとささやきが起きちゃいます」

「だって、この子たちともう会えないと思ったから……！」

わかります。

「それにそろそろ起こしたほうが良いんじゃない？　守凪さん、どこかに行っちゃいそう」

まったく人間というやつは。

「そうですね。起こしてもいいかもしれないです。わたしも、この子たちときちんとお別れしたいので」

天音先輩と千帆先輩がわたしの手を取った。

ＲでもＡＲでもＶＲでもない、わたしたちは決定的に〈存在論的位相〉が違ってしまっているのだ。

「守凪さん、本当に神になったんだ」

「あたし、冗談のつもりだったのに。でも神様なら、人間にも戻れるでしょ？　神なんだから〈人間化可能性〉みたいなものだって保有してるはず！」

まったく。この先輩たちときたら。

わたしはなるべく淡々としゃべることにする。

このかわいらしい先輩たちに、わたしよりも八千兆歳下の先輩たちに、正しく素朴に伝わるように。

「わたしも元に戻ろうと思ったし、先輩たちのこどもとして生まれたいとも思ったんです」

「それいいじゃん！」

「天音、ぽんぽん言わない。良いわけないでしょ」

「千帆先輩、わたしちょっと考えて、何も変えないことが最良だと思ったんです。天音先輩は神様みたいって言いましたけど、結構できないこともあって。だから神様とは違うのかも」

「ちょっとってどれくらい？」と天音先輩。

「そんなのどうでもいいでしょ！」と千帆先輩。

「えっと、また時間たったから、たぶん九千兆年とちょっとです」

ふたりは驚いて顔を見合わせてから、

「私は守凪さんを信じる。それだけ考えた人も存在もいないよね」と千帆先輩。

「長いこと考えすぎ！　でもあたしも守凪ちゃん監督を受け入れるよ」と天音先輩。

二人の気持ちは神でなくても簡単に理解できる。

わたしは伝えるべきことを考える。

「先輩たちがカミナギだったら、もっとうまくやったんだと思います。わたし、あおとささやきを先輩たちに届けるだけで精一杯でした。しかも〈ワールドエンタングルメント〉をほとんど使っちゃって、もうこの宇宙でデフテラバーストを起こすことはできません」

それはつまり、もうこの宇宙の物理法則を変えることはできず、ここでしか生きていけないということだ。

「そんなもん！　全然いいよ！　神凪ちゃんが復活させてくれなかったら、どうせこの宇宙は終わっていたんだから」

「そうね。神凪さん、ありがとう。私たちに二つ目の命をくれたんだね」

わたしは、神のくせに／神がゆえに、自分の内側に感情を作り出すことができる。

しかしこれは、わたしが今感じているこのものは、この二人の先輩からもらったものに違いない。

「先輩たちがもっともっと賢くなる宇宙にすることもできたんです。病気にもならず、一億年でも一千兆年でも生きられるように」

「それ面白そう！」

「天音！」

「その宇宙でも、きっと先輩たちもこの子たちも、ここでのように、いえ、ここよりももっと楽しく生きられるとは思ったんです。それでも……ここで生きてほしいって」

あおもささやきもわたしの指をふにふにとさわってくれる。

「神凪さん、私たちに神の思考はわからない。けれど、神凪さんの気持ちを想像することはできる。この不自由さを、天音とあおとささやきと分かち合えるということは、私にとってかけがえのない幸福だよ。きっと、ずっと、私はあなたのことを考え続ける。ありがとう。神凪さん。私、この宇宙がすき」

わたしは千帆先輩に微笑《ほほえ》み返す。

この人だったら、いつかわたしにもできなかった〈神意の概念化〉もできるようになるだろう。

「神凪ちゃん監督。世界を書き換えようというのは、この宇宙の——たぶんほとんどの宇宙の本質なんだと思う。環境破壊、宇宙破壊、〈宇宙環境破壊〉は、ランドスケープのほとんどで起きているはず。人類の最先端に到達した神凪ちゃんが世界を——書き換えるのとは逆に——元に戻したんだったら、それがきっと正しい」

わたしは天音先輩と見つめ合う。

この人はきっと、わたしが八千兆年考えてもわからなかった新しい理論を作り出すだろう。

わたしはありったけの感謝を込めて、二人に向かって、ただ、うなずく。

それが合図になったみたいに、先輩たちの目からは再び涙がこぼれおちる。

「神凪ちゃん監督に文句言うやつがいたらぶっ飛ばす！　今はあたしたち四人しかいないけど！」

「神凪さん、あおとささやきを助けてくれてありがとう。私たちを助けてくれてありがとう。あなたの決断は、この宇宙の総意なんだと思う。だって今のあなたは私たちの知性の未来にいるんだから」

八千兆年の思考の果てに選んだこの宇宙とこの宇宙の住民たちは、可能宇宙のなかで最も多く痛みを受けることになる。

可変性の乏しい数理法則から生まれる、不安定な生命。

わたしはこの宇宙のすべての未来を知っている。

わたしは神なんかじゃない。せいぜい神凪で、きっと今でも守凪了子なのだ。

「わたし、先輩たちに、みんなに、会えて良かったです」

もう、できることはほとんどない。

「さよならです。天音先輩。千帆先輩。――わたし、先輩たちに、みんなに、ひどいことをしたのかもしれない」

正確にはこれから改めて生まれてくるすべての子たちにひどいことをすることになる。

もっと長期的に安定した〈凪《なぎ》〉の世界を作ることだってできたのだ。

しかし先輩たちは首を横に振る。

「楽勝だよ！」

「うん。安心して」

わたしが愛する先輩たちはいつだって冴《さ》えている。

これは今わたしの中にある、率直な感慨だった。

肉体の脳や、幻体の思考回路にあった、感情と呼ばれるべきもの。

これが〈痛み〉だ。

心と体の区別がなくなったわたしにとって、これが純粋な意味での〈痛み〉だった。

今のわたしには〈痛み〉という情報構造が持つ可能性がすべてわかっている。

世界が閉じていく。痛くて痛くてたまらない。もうこの子たちに会えないなんて！

「ささやき、早く起きて」

「あお、了子おねいちゃんに挨拶しなさい」

先輩たちが双子を起こそうとした。

わたしは——神は——あわてて制止する。

「あわわ、いいですいいです。寝かせてあげてください」

もう、時間がない。

双子の——神がかった——超かわいい寝顔を見る時間も、もう終わりだ。

わたしのほうには無限の時間があるのだけれど、

「私たちは絶対に痛みを乗り越える」

「こどもたちもね！」

千帆先輩と天音先輩が泣いている。

双子たちは眠ったまま、むぎゅむぎゅと互いの手を握り合っている。うん。とってもかわいいぞ。

わたしはここで生まれて初めて神になって良かったと思う。

神なんだから、自分くらい騙せば良かったのに、というのは勘違いだ。神のわたしもそう思っていたから、もし人間がそう思ったとしても当然だ。

わたしももう時間にすれば九千兆年以上やっているのだ。そろそろ神の領分についてわかってきた。

わたしはわたしのなかの偶然と必然の濃度のようなものを——こんな人間的な言葉を使うのも奇妙なことだけれど——自由に操作できる。わたしはわたしを無限個に分割していて——それはあたかもランドスケープが、その中に無数の宇宙を含むように——そのすべてを統御しながら、偶然性の強いところからは、わたしにもわからない何かが飛び出してくる。

神なのだから、神にもわからないことだって生み出せるのだ。

わたしにはもちろん、これからの四人の苦難がすべて見える。

映画みたいに編集できたら良いのに。

楽しい場面だけつなぎ合わせて。

世界回廊が閉じて、虚無に飲みこまれていく。

神にだって限度というものがある。

この、わたしたちの不自由な宇宙の、哀れで愛《いと》しい生き物たちといったら、時間と空間を浪費しなければ存在すらできないのだ。

「天音先輩、千帆先輩、ありがとう、ごめんなさい！」

わたしの中に作っていた圏域の偶然性が強く発現しているみたいだ。

「ささやきとあおが起きたら、おねいちゃんが愛してるって言ってたって伝えてください」

「どのくらい？」

天音先輩がささやきをわたしに見せてくれながらいたずらっぽく笑う。

「そういうこと訊《き》くかね」

千帆先輩もあおを抱き直してわたしによく見せてくれる。

「どのくらいって」神のくせに言葉につまる。「そんなの……ありったけに決まってます！」

双子が眠ったまま泣き出して、閉じかけた回廊がわずかに広がる。

そこから先輩たちが顔を出す。

もう。

もうほとんど見えない。

「伝える」

「絶対に」


ようやくわたしは量子世界の始まりを思い出す。

何度も繰り返された二〇二二年四月五日火曜日、朝九時、舞浜南高校入学式。

舞浜サーバーコアは、幾度ものリセットによる量子構造破壊のため、正確なループ回数をカウントできていなかったのだけれど、もちろん今のわたしにはわかる。京ちゃんたちは三百八十一回の夏を繰り返していた。

思い出があふれる。あふれかえってとまらない。

——神凪了子くん。

いやいや、まさかいくら量子エンタングルメントに距離も経過時間も関係ないと言っても、さすがにあの時点の河能《かのう》先輩に、わたしが神になるから監督になれないなんて、わかるはずがない。

——守凪了子くん。

なんですか、河能先輩。

——きみは映画監督にはなれない。

ええ、確かに今回は結果的にそうなるみたいですけど、悪くないところまでは行った気がするんですよね。映画は何十本も撮ったし。

そして、わたしは双子たちの言葉を思い出す。

——世界は光でいっぱいだよ！

そうだといい。そうだといいと心から思う。

長すぎて、どれだけの時間が過ぎ去っていったのか、忘れてしまった。

全知全能のくせに。森羅万象そのもののくせに。あれ？

ランドスケープを書き換えることは、わたしという構造をも消し去ることなのだと、今になって気づく。

森羅万象とはそういうことだ。

これで消失、これで終了。それで充分だ。

さよなら、世界。

さよなら、ありとあらゆるものたち。

だいすきだったよ。

わたしはついにわたしのなかのみんなとお別れをする。

これは九千兆年前にはできなかったことだ。

神らしく、消尽するその瞬間まで何だってできる。

わたしはわたしを切り離す。あらゆるものを切り離す。

いつかどこかでわたしみたいな存在が生まれるかもしれないと想像しながら。

——みんな、早く生まれておいで。世界は光でいっぱいだよ。

エピローグ

痛みに耐える時間が必要だった。

デフテラコアが作りだした量子特異点は常に地球型生命体の身体を蝕《むしば》み続けていたから。

痛みを受け入れる時間が必要だった。

天に見える恒星の輝きの強まりも、複数個の衛星の不安定性も、惑星表面の人々には苛烈《かれつ》だった。

生殖機能を外部化する研究が進んだ。

量子特異点を空間除去するのに成功したのは、西暦二三九七年のことだった。

痛みを癒やす時間が必要だった。

陽子ふたつが水素となり、さらにもうひとつの水素とヘリウム3になり、そのふたつがヘリウム4となる。

太陽の中心で生じる核融合の反応式を、この地球の人間たちが再び書き下すことができるまで、どれくらいの時間がかかるだろうか。

でも、時間はいくらでもある。

京《きょう》ちゃんはリザレクション時点でガルズオルムによる遺伝子編集が施されていたらしく、延命処置をすることなく十六歳から四百五十二歳まで生きて、世界のほとんどを復活させてしまった。

地球は西暦二五〇七年になっていた。

京ちゃんは事切れる最期の瞬間まで泳ぎ、思索し、思い切り生きた。


痛みを忘れる時間が必要だった。

のちに〈灼熱〉と呼ばれることになる数十億年が過ぎ去った。

太陽は膨《ふく》らみ、地球軌道まで迫らんとしていた。

そのとき双子たちがプロキシマ・ケンタウリbを移動させて、地球に舞い降りたのだ。

双子たちは幼年期にすべてを理解していた。

この復興が完遂したころには両親も自分たちもいないことも、そのように取り戻した環境も非常に脆《もろ》いものであることも、遠い遠い未来の子たちには自分たちの思いなど届くはずもないことも。

いずれ〈弔《とむら》いの季節〉と呼ばれることになる二十万年が過ぎた。

多くの人々が泣きながら生まれ――それはこの宇宙で極々《ごくごく》当たり前のことであり――泣き

ながら死んでいった。

もうわたしは何も感じない。


どこにも無はなく、有ばかりがあるこのランドスケープで、世界はいつでも滅び、いつでも生まれる。

今のわたしたちが〈神の双子たち〉と呼ぶ伝説の人々が、おおよそすべての数学を解明してしまって、わたしたちは凪《なぎ》みたいな時を過ごしている。

そういう神話だ。

遺跡の中に見つかる金属片はあらかた錆《さ》びていて、何も読み取れない。

もしそこにすべての数学があったとしても、わたしたちがそれを読み取れるようになったとき、きっとわたしたちは自分たちでその数学をあらかた手に入れているだろう――と、わたしの幼なじみは笑いながら数学と水泳をしている。

遺跡の一番奥には小さな部屋があり、そこで手のひらに乗る大きさの円盤が何枚も見つかった。

ダークディスクと名付けられたそれは、どうやら大昔の記録みたいだったけれど、他の遺物同様、情報は何一つ読み取ることはできない。

今のわたしたちには作ることができない人工物が厳然と存在するという事実は、端的に言って絶望だった。

「早く生まれておいで」

お腹の中には新しい命が宿っている。

とても不合理な増殖機構だ。危険だし時間がかかる。

こうでなければならない理由はまったくない。

──無から何かを生み出せるなんて本当にうらやましい。

──泳ぐのは苦しくて楽しい。

波間にささやかな声が響いている。

わたしは砂浜でハーブ水を飲み干す。

いつのまにか氷は溶け切っている。

もしかして双子も神様もいたのかもしれない。

誰かがすでにこの世界の果てまでも見通したのかもしれない。

そのように想像するのはとても楽しいことだ。

地球は巨大化した太陽から遠ざかり、かつてより少しだけ暑い夏が来ていた。

わたしは臨月を迎えてすっかり大きくなったお腹に手を当てる。

赤ちゃんの胎動が伝わってきた。二度三度とお腹を蹴っている。わたしはそっと押し返して、赤ちゃんと初めての会話をする。互いに存在を確かめ合う、この世界で最も単純な、最も基本的な、愛の交換だ。

わたしにはこの世界のほとんどがわからない。残された数学も物理も、ほとんどわからないまま死んでいくだろう。残された映像も文章も、そのほとんどに触れることもできずに。

この子もきっとそうだろう。そういうところは似なくていいのに。

わたしはここに伝わる神話を元にした演劇を思いついた。世界を創造した双子の神話だ。

海岸の街では毎年夏に祭りを催す。

隣街は千二百年前に、隣の隣の街は一万年前に消失していた。おばあちゃんたちが、おばあちゃんたちのおばあちゃんから聞いたことだ。

かつて、わたしが生まれる二千年前には、近隣の多くの街々で、神話的な存在あるいは神に捧げる劇が演じられていたという。

データベースに残る百兆年の歴史をつまびらかにすることは、もう、誰にもできない。人間にできるのは、ＡＩによって取捨選択された物語を読むことだけだ。

コーラスの練習が始まろうとしていた。

メイイェン　コーラスって何！

メイウー　メイイェンちゃん、最後なのにキレる？
タルボ　最後に登場とはうれしいですな。
ディータ　〽本当に
リチェルカ　〽最後だから
フォセッタ　もう会えないってさびしいですよ。
ミナト　いいえ。〽悲しさも楽しいわ
ルーシェン　〽ああ、まったくだ

足音が近づく。

「全員、変わった名前だな」

わたしは親しみを込めてうなずく。

「だってこの劇、百兆年前が舞台なんだから」

百兆年のあいだには、およそありとあらゆることがおこなわれた。すべてわかっていて、もはや何をすることもできない。

光の速さを超えることも、隣の宇宙に移り住むことも、この宇宙では不可能なことが判明しているのだ。物理法則を書き換えるために必要な量のエンタングルメントは——算出する理論だけはあるのだけれど——必要量の一パーセントだって、この宇宙には存在しないこと

が観測事実として厳然と確認されている。

この宇宙の幾何学は、おそらくは始まりから凍りついていて、人ひとり分の裂け目を形成するためにも、全宇宙を壊さなくてはならない。しかも裂け目を作ったところで、隣にある宇宙が生存可能《ハビタブル》な宇宙とはかぎらないのだ。

もし神みたいな存在がいたとしたら、どうしてこんな宇宙にしたのか聞いてみたい気はする。

ミズキ　私たちはもっと苦しむべきだと思うな。幸福への痛みってのがあるの。痛みなくして〈本当の幸福〉はつかめないんだよ。

キョウ　幸福への痛み……。

ツクルナ　本当の幸福……。

チホ　そんなの〝四角い丸〟みたいな言葉遊びでしょう。矛盾だって口では言えるから

——

アマネ　あたしは痛いの、だいっきらい！

もし隣の宇宙にたどりつけたとして、それが長命な宇宙だったとして、とてもとても、永遠に近づいたとは言えない。

永遠がほしかったわけじゃない。

でも永遠に近いものはほしい気がする。

真実の理論なのか、善なる魂なのか、美しい一瞬なのか。

自分が何を求めているのか――いつもわかっているつもりで生きているだけで、じつは何もわかっていないことに気づく。

わたしは砂をつかみ上げる。砂粒は温かく、さらさらと指のすきまから落ちていく。

そうしてわたしは立ち上がる。

下を向くと、大きく張ったおなかがある。さすがに見慣れてきた、わたしのおなかだ。

ローブをめくって直接おなかに手を置くと、それに呼応するかのように、強い衝撃が伝わる。ちいさな足の感覚だ。

わたしはおなかに呼びかける。

「早く生まれておいで！」

わたしはありったけの声で叫ぶ。

「世界は光でいっぱいだよ！」

その声は宇宙のどこかの海辺に広がり、波の音に混ざりながら消えていった。

わたしは星のない夜空に向かって立つ。

この終わりの空を、この宇宙の、あるいはすべての宇宙の、一体どれだけの存在が見ているのだろう。

おなかの子が、波の音に合わせるみたいに、体を動かしている。

それがわかることがうれしい。

とてもうれしい。

わたしはこのまるで神みたいに凪《な》いだ世界が——全然完璧だとは思わないけれど——けっこう気に入っているみたいだ。

わたしはここにいて、同時に——完璧に同時に——ずっと遠くの宇宙を歩いている。

それで充分。

それはこれから始まる演劇において、役者たちが舞台を壊すことができないのと似ているかもしれない。

開場を知らせる合図が砂浜に響く。

「行こうか」

わたしはおなかの子に声をかける。

アマネ　おお、紫雫乃《しずの》先輩だ。ここってどこ？
チホ　私、あなたと会いたかった。きっと話が合ったはず。

シズノ　もう、こうして出会っている。

リョーコ　わたしはずっと二人に助けられていたんです。

今のセリフはもう少し練れば良かった。あれでは直截《ちょくせつ》に言い過ぎというものだ。コーラスによる祝歌はなかなかうまくいったと思う。あんなに練習したのだから当たり前か。

劇が終わり、夜の砂浜を一人で歩く。

「流れ星だ。きみも見られるといいね」

わたしはおなかのなかの子に語りかける。

遠方の星の輝きが失われても、わたしたちの星の近傍には無数の〈宇宙塵《うちゅうじん》〉がただよっていて、重力に引かれ、流星となって燃え尽きる。

きっとこの子が生まれて死ぬくらいまでは流星は見られるだろう。

空にはぼんやりとした光球が浮かんでいる。

神話ではあれを作ったのは神の双子だと語られている。

キョウ　ひさしぶりだな。

リョーコ　何億年ぶり？

シズノ　六百七十一億年ね。——会いたかった。

この宇宙がもうすぐ終わることだけはわかっている。

双子　神、うるさい！

双子役の子たちはぴったりと声を合わせてくれた。あの二人——双子ではないのだけれど——あそこばかり練習して。誰にも見つからないように、島の反対側の崖で一生懸命に。たぶん叫ぶのが楽しいだけなんだろうけど、でもそれでいい。

練習ではずっと、叫んで終わりだった。最後の一言は、わたしと双子だけの秘密。

もしかすると長老連が何か言ってくるかもしれない。

だけど、たとえわたしの産む子が神のように賢くても、この終わりの凪のような世界をもう少しだけ延命させるくらいで、新しい宇宙が生まれるわけでも隣の宇宙に移り住めるわけでもない——それが今のわたしたちが保有している神話だった。

それはまるで、この世界の希望はすでになく、しかしこの世界の向こうには何かが、神のような超越性があると言いたいかのようだった。

演劇しかすることがないと断言する長老連は、古代の戯曲研究に余念がない。

奉納劇で少しくらいびっくりしてもらって、少しくらい楽しんでもらえないと、戯曲を書くわたしも、演じるこどもたちも、見るみんなも、心置きなく盛り上がれないのだ。

劇が終わり、祭りはまだ続いているが、わたしはひとり、海岸に戻った。

海は凪いで、祝福のようなやさしい風がわたしを通り過ぎていく。

この感覚。この感覚。この感覚。

この感覚は一体何なんだ。

なぜこんなものがある？　なぜなにかがある？

この、わたしだけが感じることのできる、この何か。

わたしは、わたしたちの最後の——最新の、終了の、完了の——時間にいるのに、まだ何もわかっていない。

「……ん？」

そしてわたしは言葉としては知っていた、しかし経験したことのない痛みを感じる。これは生まれて初めてのものだ。うそうそうそ。たちまち信じられないくらい痛くなる。

だけど——だからこそなのか——不安はない。これはきっと陣痛だ。おばあちゃんやお母さんから聞いている。二人とも、もう死んでしまったけれど。

痛みが強くなり、わたしは思わずその場にうずくまる。

小さな小さな村だ。誰かが気づいて知らせてくれたのだろう、助産師たちが駆け寄ってきた。わたしは両肩を抱えられて、海岸そばの病院に横たえられた。

たちまち痛みが倍になる。

「痛い！」

命を産み落とすとき、この星の生物の多くは苦しむような声をあげ、あるいは目から涙のようなものを流す。

そういうものなのだろうと思っていた。なるほど、これはこれは。

心が、体が、泣く。

いきんで、と助産師が言う。

十月十日《とつきとおか》のあいだに色々教わったはずなのに、すべて忘れてしまった。いきむってどういう動作？

「早く生まれておいで！　世界は光でいっぱいだよ！」

病室で歓声があがる。双子だと誰かが言う。

わたしの声はこの宇宙のすべてのエンタングルメントに青く溶け込んで、いつまでもいつまでも囁《ささや》きのように広がっていく。今の言葉、次の劇に入れてみよう。

カーテンコール

本作は二〇二四年八月から劇場公開される『ゼーガペインSTA』のスピンオフ小説です。映画が先でも、小説が先でも、楽しんでいただけます。もちろん本カーテンコールが最初でも問題ありません。

本作あるいは『ゼーガペイン』シリーズ全体にとって〈時系列〉は非常に重要で多義的な意味を持っている。まずは本作に関連する年表を示しておこう。

二〇〇六年　『ゼーガペイン』　TVアニメーション本編
二〇一六年　『ゼーガペインADP』　劇場公開作
二〇一九年　『エンタングル：ガール』　スピンオフ小説
二〇二四年　『ゼーガペインSTA』　劇場公開作

本作は主にTVアニメーション本編と『STA』に紐《ひも》づくものとして、スピンオフ小説『エンタングル：ガール』の出版からそう遠くない時期には書き始めていた。なお劇場公開作のどちらにもSF考証として参加しているため、ふたつのスピンオフ小説の執筆に際しては下田正美監督をはじめ、多くの協力を得て、物語や設定をより充実したものとして書き終えることができた。

さて作品が複数ある場合、どの順序で楽しめばよいのかと思われる向きもあると思うけれど、特に本作については、映像が先でも小説が先でも楽しめるように、当初から構想されている。

順序が問題になること自体、シリーズ全体にとって幸福なことに違いない。その作品群が織りなす世界が――〝多世界〟として――豊穣《ほうじょう》に開かれているからこそ、複数の楽しみ方が存在するからだ。

カーテンコールとは、舞台芸術において幕が下りた後におこなわれる、観客と演者による刹那の交流に他ならない。そのとき客席と舞台の境界線がゆらぎ、終劇にふさわしい余韻の場が立ち上がる。

無論そのような理想的な場のためには、その直前までの劇そのものが一定の重さや強さを持っていたという事実が必要になる。小説ではあとがき、映画ではポストクレジットシーンに相当するであろうカーテンコールは、おおむね余韻のためにあるのであって、劇本編の印象を書き換えることはほとんどできない。

と書いている今は、おおむね四年をかけた本作本編の校了直前で、本稿は文字通りのあとがきとなっている。

このあとがきという存在こそが、読書の順番を混乱させる元凶であることは、確認するまでもない。本編を読む前にあとがきを読むことは、読者にとって極々《ごくごく》自然な仕草だ。

とはいえ本作の執筆も――冒頭のプロローグをかなり初期に書き終えたことと、あとがきを最後に書いていることを除けば――章の順に書いていったわけではなかった。複数章を並行して膨らませた面もあるのだけれど、今ふりかえると、十章から十二章は執筆期間の後半になって輪郭が見えてきた一方で、エピローグとしてはいささか長い結末部分は、前中盤の章と同じころには書き終えていた。本編を読まれた方にはわかっていただけるかもしれないし、これから本編を読む方には後半三章の執筆に時間がかかったことを少し覚えていただいていても面白いかもしれない。

映像と小説というメディアをも超える〈順序自由性〉こそが、本作で実現したかったことであり、本作を貫くテーマでもある。

むろんこの自由には代償がある。

もしすべての夏が同じであれば、選び取る痛みは存在しない。

主人公たちは繰り返される夏を抜けて、新しい時間を切り拓《ひら》いていく。

本シリーズのタイトルであり登場する人型機械の名称でもある〈ゼーガペイン〉は、是我《これわ》が痛み——是我痛《ゼーガペイン》に由来する。

夢か現実かを確かめるために頬《ほお》をつねることがどれくらい有効なのかはわからないけれど、確かに痛みはまずは自分だけのものとして認識される。痛みを忘れることはできても、今自分が感じているこの痛みを、他の誰かに譲り渡すことはできない。

しかし痛みから共感が生まれることも少なくない。傷ついた人を放っておけないのは、もはや倫理などを超えた心的傾向のようにも思えてくる。痛みは物理的には閉じ込められたものでありながら、心理あるいは論理を容易に飛び越えていく。

本シリーズの登場人物たちは特殊な状況に置かれ、名状しがたい痛みを抱えている。本作執筆の動機のひとつは、言葉にできるはずもない痛みを言葉にすることだった。


そしてカーテンコールもついに終わる。なんとなれば、すでに劇は終わっているのだから。別れの痛みは強くエンタングルして分かちがたい。

願わくは次の劇場で再びご挨拶できますように。

二〇二四年　暑夏の始まりの東京から

高島雄哉

本書は書き下ろしです。

本作は二〇二四年八月公開のアニメーション『ゼーガペインSTA』の基本設定に基づき、著者独自の着想によって「もうひとつの可能性」を描いた、同作の公式スピンオフ小説です。

検 印
廃 止

著者紹介 1977年山口県生まれ。東京大学理学部卒、東京藝術大学美術学部卒。2014年、「ランドスケープと夏の定理」で第5回創元SF短編賞を受賞。著書『ランドスケープと夏の定理』『不可視都市』『小説 機動戦士ガンダム 水星の魔女』

ホロニック：ガール

2024年7月26日 初版

著 者 高《たか》 島《しま》 雄《ゆう》 哉《や》

発行所 (株) 東京創元社
代表者 渋谷健太郎

162-0814／東京都新宿区新小川町1-5
電 話 03・3268・8231-営業部
03・3268・8204-編集部
URL http://www.tsogen.co.jp
DTP キャップス
暁印刷・本間製本

乱丁・落丁本は、ご面倒ですが小社までご送付ください。送料小社負担にてお取替えいたします。

© サンライズ 2024 Printed in Japan

ISBN978-4-488-78504-8 C0193

SF史上不朽の傑作

CHILDHOOD'S END◆Arthur C. Clarke

地球幼年期の終わり

アーサー・C・クラーク

沼沢洽治 訳 カバーデザイン＝岩郷重力＋T.K

創元SF文庫

◆

宇宙進出を目前にした地球人類。

だがある日、全世界の大都市上空に

未知の大宇宙船団が降下してきた。

〈上主〉と呼ばれる彼らは

遠い星系から訪れた超知性体であり、

圧倒的なまでの科学技術を備えた全能者だった。

彼らは国連事務総長のみを交渉相手として

人類を全面的に管理し、

ついに地球に理想社会がもたらされたが。

人類進化の一大ヴィジョンを描く、

SF史上不朽の傑作！

これこそ、SFだけが流すことのできる涙

ON THE BEACH◆Nevil Shute

渚にて
人類最後の日

ネヴィル・シュート

佐藤龍雄 訳　カバーイラスト＝加藤直之

創元SF文庫

◆

●小松左京氏推薦――「未だ終わらない核の恐怖。
21世紀を生きる若者たちに、ぜひ読んでほしい作品だ」

第三次世界大戦が勃発、放射能に覆われた
北半球の諸国は次々と死滅していった。
かろうじて生き残った合衆国原潜〈スコーピオン〉は
汚染帯を避けオーストラリアに退避してきた。
だが放射性物質は確実に南下している。
そんななか合衆国から断片的なモールス信号が届く。
生存者がいるのだろうか？
一縷の望みを胸に〈スコーピオン〉は出航する。

ヒューゴー賞受賞の傑作三部作、完全新訳

FOUNDATION◆Isaac Asimov

銀河帝国の興亡
1 風雲編

アイザック・アシモフ
鍛治靖子 訳

カバーイラスト＝富安健一郎
創元SF文庫

◆

2500万の惑星を擁する銀河帝国に
没落の影が兆していた。
心理歴史学者ハリ・セルダンは
３万年におよぶ暗黒時代の到来を予見。
それを阻止することは不可能だが
期間を短縮することはできるとし、
銀河のすべてを記す『銀河百科事典』の編纂に着手した。
やがて首都を追われた彼は、
辺境の星テルミヌスを銀河文明再興の拠点
〈ファウンデーション〉とすることを宣した。
ヒューゴー賞受賞、歴史に名を刻む三部作。

創元SF文庫を代表する一冊

INHERIT THE STARS◆James P. Hogan

星を継ぐもの

ジェイムズ・P・ホーガン

池 央耿 訳　カバーイラスト＝加藤直之

創元SF文庫

◆

月面で発見された、真紅の宇宙服をまとった死体。

綿密な調査の結果、驚くべき事実が判明する。

死体はどの月面基地の所属でもないだけでなく、

この世界の住人でさえなかった。

彼は５万年前に死亡していたのだ！

いったい彼の正体は？

調査チームに招集されたハント博士は壮大なる謎に挑む。

現代ハードSFの巨匠ジェイムズ・Ｐ・ホーガンの

デビュー長編にして、不朽の名作！

第12回星雲賞海外長編部門受賞作。

2005年星雲賞海外長編部門 受賞

DISTRESS◆Greg Egan

万物理論

グレッグ・イーガン
山岸 真 訳 カバーイラスト=L.O.S.164
創元SF文庫

◆

すべての自然法則を包み込む単一の理論
——“万物理論”が完成寸前に迫った近未来。
国際学会で発表される３人の理論のうち、
正しいのはひとつだけ。
映像ジャーナリスト・アンドルーは、
３人のうち最も若い女性学者を中心に
この万物理論の番組を製作することになる。
だが学会周辺にはカルト集団が出没し、
さらに世界には謎の疫病が蔓延しつつあり……。
３年連続星雲賞受賞を果たした著者が放つ傑作！
訳者あとがき＝山岸真

(『SFが読みたい！2014年版』ベストSF2013海外篇第2位)

2014年星雲賞 海外長編部門をはじめ、世界6ヶ国で受賞

BLINDSIGHT◆Peter Watts

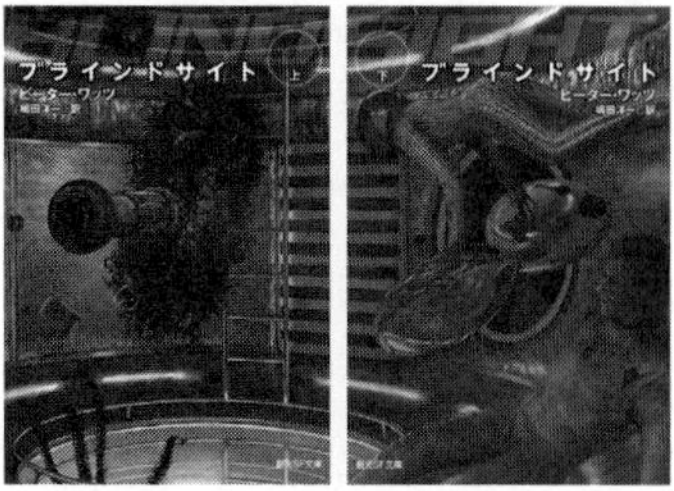

ブラインドサイト 上 下

ピーター・ワッツ◎嶋田洋一 訳

カバーイラスト＝加藤直之　創元SF文庫

◆

西暦2082年。
突如地球を包囲した65536個の流星、
その正体は異星からの探査機だった。
調査のため派遣された宇宙船に乗り組んだのは、
吸血鬼、四重人格の言語学者、
感覚器官を機械化した生物学者、平和主義者の軍人、
そして脳の半分を失った男——。
「意識」の価値を問い、
星雲賞ほか全世界７冠を受賞した傑作ハードSF！
書下し解説＝テッド・チャン

SF作品として初の第7回日本翻訳大賞受賞

THE MURDERBOT DIARIES◆Martha Wells

マーダーボット・ダイアリー

上 下

マーサ・ウェルズ◎中原尚哉 訳

カバーイラスト=安倍吉俊　創元SF文庫

◆

「冷徹な殺人機械のはずなのに、
弊機はひどい欠陥品です」
かつて重大事件を起こしたがその記憶を消された
人型警備ユニットの“弊機”は
密かに自らをハックして自由になったが、
連続ドラマの視聴を趣味としつつ、
保険会社の所有物として任務を続けている……。
ヒューゴー賞・ネビュラ賞・ローカス賞３冠
＆２年連続ヒューゴー賞・ローカス賞受賞作！

“気特対”の活躍を描く本格SF＋怪獣小説!

MM9◆Yamamoto Hiroshi

MM9 エムエムナイン

山本 弘

カバーイラスト＝開田裕治

◆

地震、台風などと同じく、

自然災害の一種として“怪獣災害”が存在する現代。

有数の怪獣大国である日本では気象庁内に設置された、

怪獣対策のスペシャリスト集団“特異生物対策部”

略して“気特対”が、昼夜を問わず駆けまわっている。

多種多様な怪獣たちの出現予測に、正体の特定、

自衛隊と連携しての作戦行動……。

相次ぐ難局に立ち向かう気特対の活躍を描く、

本格ＳＦ＋怪獣小説！

創元SF文庫の日本SF

日本SF史に名を刻む壮大な宇宙叙事詩

Legend of the Galactic Heroes◆Yoshiki Tanaka

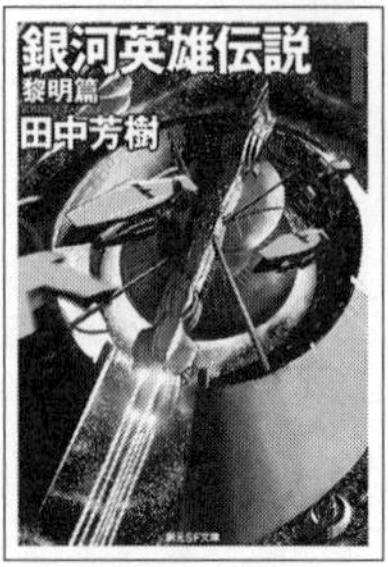

銀河英雄伝説
全10巻＋外伝全5巻

田中芳樹

カバーイラスト＝星野之宣

◆

銀河系に一大王朝を築きあげた帝国と、
民主主義を掲げる自由惑星同盟《フリー・プラネッツ》が繰り広げる
飽くなき闘争のなか、
若き帝国の将“常勝の天才”
ラインハルト・フォン・ローエングラムと、
同盟が誇る不世出の軍略家“不敗の魔術師”
ヤン・ウェンリーは相まみえた。
この二人の智将の邂逅が、
のちに銀河系の命運を大きく揺るがすことになる。
日本SF史に名を刻む壮大な宇宙叙事詩、星雲賞受賞作。

創元SF文庫の日本SF

創元SF文庫

星雲賞受賞作シリーズ第一弾

THE ASTRO PILOT#1◆Yuichi Sasamoto

星のパイロット

笹本祐一

◆

宇宙への輸送を民間企業が担う近未来――難関のスペース・スペシャリスト資格を持ちながらもフライトの機会に恵まれずにいた新人宇宙飛行士の羽山美紀は、人手不足のアメリカの零細航空宇宙会社スペース・プランニングに採用された。個性豊かな仲間たちに迎え入れられた美紀は、静止軌道上の放送衛星の点検ミッションに挑むが……。著者の真骨頂たる航空宇宙SFシリーズ開幕！

カバーイラスト＝筑波マサヒロ

第5回創元SF短編賞受賞作収録

SUMMER THEOREM AND THE COSMIC LANDSCAPE

ランドスケープと夏の定理

高島雄哉

カバーイラスト＝加藤直之

◆

史上最高の天才物理学者である姉に、
なにかにつけて振りまわされるぼく。
大学４年生になる夏に日本でおこなわれた
“あの実験”以来、ぼくは３年ぶりに姉に呼び出された。
彼女は月をはるかに越えた先、
ラグランジュポイントに浮かぶ国際研究施設で、
秘密裏に“別の宇宙”を探索する
実験にとりかかっていた。
第５回創元SF短編賞受賞の同題作を長編化。
新時代の理論派ハードSF。

創元SF文庫の日本SF